DIDON,
TRAGEDIE.
EN MUSIQUE.
REPRESENTE'E
PAR L'ACADEMIE ROYALLE
DE MUSIQUE.

A PARIS,
Par CHRISTOPHE BALLARD, ſeul Imprimeur du Roy
pour la Muſique, ruë Saint Jean de Beauvais,
au Mont-Parnaſſe.
ET SE VEND
A la Porte de l'Academie Royalle de Muſique,
ruë Saint Honoré.

M. DC. XCIII.
AVEC PRIVILEGE DV ROY.

ACTEURS
DU PROLOGUE.

MARS.

LA RENOMME'E.

Suite de Mars.

Suite de la Renommée.

VENUS.

Suite de Venus.

PROLOGUE.

Le Theatre represente le Palais
de Mars.

SCENE PREMIERE.
MARS, LA RENOMME'E.
Suite de Mars. Suite de la Renommée.

MARS.

OUBLIEZ les Exploits nouveaux
Du Vainqueur de la Terre,
Plus d'ennemis luy declarent la Guerre,
Et plus ses triomphes sont beaux.
C'est la seule clemence
Qui peut désarmer sa vengeance,
Il a vaincu mille Peuples divers
Si ses desirs égalloient sa puissance,
Il rangeroit tout l'Univers
Sous son obeïssance.　　　　A ij

PROLOGUE.

LE CHOEUR.

Chantons tous ſes fameux Exploits
Trompettes & Tambours répondez à nos voix.

LA RENOMME'E.

Dans les Siecles paſſez je publiois la gloire
De tous les fameux conquerans,
Cependant j'avois des momens
Qui n'eſtoient pas marquez par la Victoire.
Mais depuis que le Ciel a donné ce Heros
J'ay toûjours trop à dire,
Il ne prend jamais de repos
Pour luy ſeul je ne puis ſuffire.

Je volle en tous lieux
Je parle ſans ceſſe,
Pour annoncer ſes Exploits glorieux
Mais c'eſt en vain que je me preſſe.
De ſa valeur le trop rapide cours
Me devance toûjours,
Et lorſqu'avec un ſoin fidelle
J'apprens à l'Univers ce qu'il fait d'éclatant.
Il ſe couronne au meſme inſtant
D'une gloire nouvelle.

LE CHOEUR.

Chantons tous ſes fameux Exploits
Trompettes & Tambours répondez à nos voix.

PROLOGUE.
MARS.

Qu'on entende le bruit & le fracas des armes
La Gloire a pour luy mille charmes,
Haftez-vous d'élever un trophée à l'honneur
De ce redoutable Vainqueur.

SCENE DEUXIE'ME.
MARS, LA RENOMME'E, VENUS.
Suite de Mars. Suite de la Renommée.
Suite de Venus.

VENUS.

CE bruit de guerre m'épouvante
En ferez-vous toujours vos plus charmans concerts,
Rendez le calme à l'Univers,
Puifque la France eft triomphante.
Impitoyable Mars laiffez regner la Paix
Quel bien pour moy peut avoir plus d'attraits.
Sans elle je ne puis rétablir mon Empire,
En vain l'Amour promet mille douceurs
Ce n'eft plus pour luy qu'on foupire
La Gloire occupe tous les cœurs.

MARS.

Ne vous plaignez point de la Gloire,
Le Heros qu'elle fuit au milieu des combats
Commande à la Victoire;

PROLOGUE.

Malgré la guerre un repos plein d'appas
Regne dans ces heureux climats,
Vous trouverez de doux aziles
Pour les amours & les plaisirs,
Et de jeunes cœurs inutiles,
Qui se rendront toujours au gré de vos desirs.

MARS, VENUS ET LA RENOMME'E.

Accordez-vous Tymballes & Trompettes,
Avec le doux son des Musettes,
Qu'on entende tour à tour
Des chants de victoire & d'amour.

Le Chœur repete ces derniers Vers.

CHOEUR DE NYMPHES.

Dans le bonheur qui nous enchante
Pourrions nous ne pas aymer?
Ah! qu'une ame contente
Est facile à charmer.
Quand on fait son unique affaire
Des Ris, des Jeux & des Plaisirs,
Le tendre Amour ne tarde guere
De faire sentir ses desirs.

N'esperez pas fiere sagesse
De pouvoir garder nos cœurs,
De l'aymable jeunesse
Nous goûtons les douceurs,

PROLOGUE.

Quand on fait son unique affaire
Des Ris, des Jeux & des Plaisirs,
Le tendre Amour ne tarde guere
De faire sentir ses desirs.

UNE NYMPHE.

Dans ces lieux que l'amour a d'attraits
Nous allons au devant de ses traits,
Et jamais
Nos cœurs satisfaits
N'ont poußé de regrets :
Ne craignez point ses coups,
Il sont doux
Jeunes cœurs rendez-vous
Chacun à son tour,
Doit se rendre à l'Amour.
Qui se livre à ce Dieu si charmant
S'épargne du tourment,
Hastez-vous de former de beaux nœuds
Ah ! qu'on est heureux
Quand on est amoureux.
Langueurs, transports, desirs,
Source de plaisirs,
Aymables ardeurs,
Enchantez tous les cœurs.

MARS.

Jeux innocens prenez de nouveaux charmes,
A l'abry des Lauriers

PROLOGUE.

Du plus grand des Guerriers.
Aprés avoir chanté le bonheur de ses armes
Faites revivre en son auguste Cour,
De Didon la fameuse histoire
Et montrez que la Gloire
Dans les grands cœurs l'emporte sur l'Amour.

LE CHOEUR.

Le vainqueur des vainqueurs a lancé son Tonnerre,
Tout tremble, tout reçoit ses loix,
On le voit triompher sur les eaux, sur la terre,
Publions à jamais tant de fameux Exploits.

FIN DU PROLOGUE.

ACTEURS

ACTEURS
DE LA TRAGEDIE.

IDON, *Reyne de Carthage, veuve de Sichée.*

ANNE, *Sœur de Didon.*

ENE'E, *fils de Venus Prince Troyen, Amant de Didon.*

IARBE, *Roy de Getulie, fils de Jupiter, amoureux
de Didon.*

ARCAS, *confident d'Iarbe.*

ACATE, *confident d'Enée.*

BARCE', *confidente de Didon.*

Troupe de Carthaginois.

JUPITER.

Troupe de Faunes.

Troupe de Driades.

VENUS.

UNE MAGICIENNE.

Troupe de Demons.

B

Troupe de Furies.

Troupe d'Esprits Aëriens transformez en Amours.

LES JEUX.

LES PLAISIRS.

MERCURE.

L'OMBRE DE SICHE'E.

La Scene est à Carthage.

DIDON,
TRAGEDIE.
ACTE PREMIER.
Le Theatre represente le Palais
de Didon.

SCENE PREMIERE.
DIDON seule.

Ui pourroit me causer le trouble qui m'a-
     gite
Dans un jour destiné pour les Jeux les
     plus doux?
Junon approuve ma conduite,
Du plus grand des Heros je me fais un Epoux;

J'ay fait un pompeux Sacrifice
Pour me rendre le Ciel propice,
Que puis-je avoir à redouter?
Est-ce encor mon perfide frere,
Est-ce Iarbe dont la colere
Pourroit enfin éclater?

J'ay méprisé ses feux & sa constance,
Sans luy je n'aurois pas un azile en ces lieux
Ah! quels seront ses transports furieux
De voir qu'un étranger ait eu la preference?

Mais pourquoy m'allarmer? tout me sera soûmis,
En épousant Enée, au moins j'ay lieu d'attendre
Que sa valeur sçaura bien me deffendre
Contre mes plus fiers ennemis.

SCENE SECONDE.

DIDON, ANNE.

ANNE.

CHarmante Reine, enfin voicy cet heureux jour
Où nous verrons l'Hymen d'accord avec l'A-
mour;
Qu'elle gloire pour vous que ces Dieux soient en-
semble!

Ils paroiſſoient ennemis ſans retour,
Et voſtre beauté les raſſemble.

Eſt-il un ſort plus doux ?
Voſtre ardeur eſt extrême,
Le Heros qui vous ayme
Veut eſtre voſtre époux ;
Eſt-il un ſort plus doux ?

DIDON.

Malgré le bon-heur qui m'enchante
Mon cœur ne peut goûter de tranquilles plaiſirs,
Du malheureux Sichée une image ſanglante
Vient chaque jour m'arracher des ſoupirs ;
Je ne puis vaincre ma foibleſſe,
Je crois le voir à tout moment
Me reprocher que j'avois fait ſerment
De luy conſerver ma tendreſſe.

ANNE.

Je vous l'ay dit cent fois,
Ne craignez point d'eſtre infidelle
A ceux qui ſont dans la nuit éternelle,
D'un époux qui n'eſt plus on n'entend point la voix.
Ce n'eſt qu'une pure chimere,
Enée a ſceu vous plaire,
Il eſt du ſang des Dieux,
La mere d'Amour eſt ſa mere,

Vous luy donnez la main, pouvez-vous faire mieux?
D I D O N.

Vous m'avez conseillé d'abandonner mon ame
A ma naissante flâme,
De vos conseils j'ay suivy la douceur;
Mais j'ay fait encore d'avantage,
J'ay découvert à mon vainqueur
Que je partageois sa langueur.

Ce fut le jour de ce fatal orage
Qui nous surprit en chassant dans ces bois,
De Junon jentendis la voix,
Elle nous fit entrer dans une grotte sombre,
Où nous ne craignions plus les vents impetueux;
Mais, helas! le silence & l'ombre
Pour des amans sont bien plus d'angereux;
Enée avoit trop de tendresse,
Je ne pus luy cacher le secret de mon cœur,
En presence de la Déesse
Nous nous sommes promis une éternelle ardeur.
A N N E.

Il vient, & ses regards vont dissiper la crainte
Dont vostre ame est atteinte,
Je vais presser vostre bonheur,
Et finir vos allarmes
En pressant un Hymen si doux si plein de charmes.

SCENE TROISIE'ME.
DIDON, ENE'E.

ENE'E.

BElle Reine, ce jour qui doit me rendre heureux,
     Fait languir mon cœur amoureux.
Je voudrois déja voir la fin de cette fête ;
Lorsqu'à la celebrer tout le peuple s'apprête,
Il retarde l'instant qui doit combler mes vœux.

DIDON.

C'est peu pour vous de recevoir l'homage
     Des peuples de Carthage ;
Ah ! que ne puis-je en vous donnant la main
De l'Univers entier vous rendre aussi le maître ?
Contentez-vous de meriter de l'être,
     Le reste dépend du Destin.

ENE'E.

Pour les Grandeurs je ne suis point sensible,
     Depuis que vous m'avez charmé,
     Non, non, il ne m'est pas possible
De goûter de plaisir que celuy d'estre aymé.

     Aux douceurs d'une amour extrême
     Il faut borner tous nos desirs,

DIDON,

Ne nous occupons plus de la Grandeur suprême,
Goutons en nous aimant de tranquiles plaisirs,
Aux douceurs d'une amour extrême
Il faut borner tous nos desirs.

ENE'E & DIDON.

Non, rien n'égale ma tendresse,
J'aime avec plus d'ardeur qu'on n'a jamais aimé,
Mon amour m'occupe sans cesse,
De mille & mille feux mon cœur est consumé;
Non, rien n'égale ma tendresse,
J'aime avec plus d'ardeur qu'on n'a jamais aimé.

DIDON.

Brûlerez-vous toujours d'une si belle flâme?

ENE'E.

Seray-je toujours dans voftre ame?

DIDON.

Rien ne sçauroit me dégager
Du nœud charmant qui nous lie.

ENE'E.

Plûtoft que de changer
Je perdray la vie.

ENE'E & DIDON.

Quand on aime tendrement
On n'eft jamais fans allarmes,
Plus un amour a de charmes,
Et plus on craint un fatal changement:
Quand on aime tendrement
On n'eft jamais fans allarmes.

SCENE

SCENE QUATRIE'ME.

DIDON, ENE'E, ANNE.

ANNE.

JE vous retrouve icy dans une paix profonde,
Vous estes enchantez d'un entretien trop doux,
Si je ne revenois à vous
Vous pourriez oublier tout le reste du monde:
Des Sujets empressez arrivent dans ces lieux
Pour vous marquer ieur zele.
Chacun veut vous jurer qu'il vous sera fidele,
Venez, Prince, venez vous montrer à leurs yeux

SCENE CINQUIE'ME.

DIDON, ENE'E, ANNE, les Peuples de Carthage.

UNE CARTHAGINOIE.

NOus venons rendre homage
Au plus grand des Heros,
Il assure le repos
De l'heureuse Carthage;
Nous venons rendre homage
Au plus Grand des Heros.

Le Chœur repete ces derniers Vers.

C

UNE CARTHAGINOIE.

Que cet Empire naiſſant,
Va devenir floriſſant ,
Nous ne craindrons plus la rage
De nos ennemis jaloux ,
Et nous aurons l'avantage
De braver leur vain courroux.

Le Chœur repete ces derniers Vers.

PETIT CHOEUR.

Vivez, heureux malgré l'envie,
Que jamais la jalouſie
Ne vienne icy troubler de ſi tendres amours,
Pour prolonger le cours
De vos beaux jours.
Nous aurions du plaiſir à donner noſtre vie.

UNE CARTHAGINOISE.

Ayme d'une ardeur conſtante
Une Reyne ſi charmante ,
Le bruit de voſtre bonheur
Fera mourir de douleur
Tous les Amans qui pouvoient y pretendre.
Son cœur a mépriſé tant d'illuſtres rivaux
Pour vous ſeul elle veut reprendre
Des liens nouveaux.

UN CARTHAGINOIS.

Vous portez en aymant de douces chaînes,
L'Amour prévient tous vos desirs,
Sans avoir connu ses peines
Vous goutez ses plaisirs.

PETIT CHOEUR.

Aymez, brillante jeunesse,
Imitez vostre aymable Princesse,
Abandonnez vos cœurs
A de tendres ardeurs.

UNE CARTHAGINOISE.

Sans un Amant toujours tendre & sincere
Les plus beaux de nos jours sont pour nous sans appas,
Les plaisirs ne touchent guere
Lorsque ceux de l'amour ne les animent pas.

Le Chœur repete ces derniers Vers.

PETIT CHOEUR.

Pourquoy veut-on se deffendre
De ses doux enchantemens ?
Que l'on perd d'heureux moments
Quand on n'a pas le cœur tendre !

SCENE SIXIE'ME.

DIDON, ENE'E, ANNE, BARCE.

BARCE'.

REyne, vous ignorez qu' Iarbe est en ces lieux,
Que ses Vaisseaux sont au Port de Carthage?

ANNE.

N'attendez pas qu'il paroisse à vos yeux
Plein de dépit & de rage,
Au Temple de Junon, venez sans differer,
Pour vostre Himen j'ay tout fait preparer.

ENE'E.

Je crois que ma presence ailleurs est necessaire,
Mon Rival peut causer quelque soulevement,
Allez, belle Princesse, au Temple la premiere,
Je m'y rendray dans un moment.

FIN DU PREMIER ACTE.

ACTE SECOND.

Le Theatre change, & represente un
Bois, & dans l'enfoncement des Rochers,
d'où il tombe un Torrent.

SCENE PREMIERE.
IARBE, ARCAS.
IARBE.

N vain mon cher Arcas, j'ay pressé
*   mon départ,*
Dans ces funestes lieux je suis venu trop
*   tard,*
Un noir pressentiment vient redoubler ma peine
Et m'assure qu'Enée est l'Epoux de la Reyne,
Va promptement t'éclaircir de mon sort ?
Mon seul espoir est la mort.

ARCAS.
Je crains que cette solitude
Ne redouble l'excés de vostre inquietude.

IARBE.
Va, ne t'arreste point, dans l'estat où je suis,
Rien ne sçauroit augmenter mes ennuis.

SCENE SECONDE.
IARBE seul.

SOmbres Forests, Rochers inaccessibles,
Fier Torrent, que l'Hyver n'a jamais arresté,
A mes cruels malheurs, vous n'estes point sensibles,
Mais je ne me plains pas de vostre dureté
Augmentez, s'il se peut, les tourmens que j'endure;
Et vous tristes Oyseaux de malheureux augure
Par vos funestes cris annoncez, mon trépas,
On m'enleve le cœur de la beauté que j'ayme,
Et dans mon desespoir extrême
Je mourois mille fois si je ne mourois pas.

Pourquoy mourir? Courons à la vengeance,
Il faut punir qui nous offence,
Cherchons ce Troyen trop heureux,
Le mépris qu'on fait de mes feux
Redouble encor le bonheur qui l'enchante.
Qu'elle honte pour moy? ma rage s'en augmente.

Vous qui regnez sur tous les autres Dieux,
Vous sçavez que Didon, errante, vagabonde,
Par mes bienfaits regne en ces lieux.

Souffrirez-vous, puißant maiftre du monde!
Qu'on paye tant d'amour d'un mépris odieux?

Helas! croira-t'on fur la terre
Que je fuis Fils du Dieu qui lance le tonnere,
Si l'on voit tant d'heureux mortels
Joüir en repos de leurs crimes
Au moment que je fuis au pied de vos Autels
A vous offrir en vain d'innocentes victimes?

SCENE TROISIE'ME.

Jupiter paroift armé de la Foudre fur un nuage.

JUPITER, IARBE.

JUPITER.

Mon Fils, ceße de t'affliger,
Je jure par le Stix que je vais te vanger
Si la Reyne de Carthage
Refufe ta main & ton cœur,
Sois feur que ton Rival n'aura pas l'avantage
De triompher de ton malheur.
Et vous Divinitez, de ce fejour paifible,
Faunes, Driades, venez tous
Calmez, s'il eft poffible,
Ses mouvemens jaloux,
Par vos chants les plus doux.

SCENE QUATRIE'ME.

IARBE. Troupe de Faunes & de Driades.

DEUX DRIADES.

Dans la belle saison les fleurs & la verdure
  Parent nos bois & nos champs,
Mais c'est l'Amour plûtost que le Printemps
  Qui charme toute la nature.
  Sans la douceur des amours
  Tout languit dans les plus beaux jours.

LE CHOEUR.

  Aymons sans cesse
  Changeons toujours
  Une nouvelle tendresse
Pour réveiller les cœurs est d'un puissant secours,
  Aymons sans cesse,
  Changeons toujours.

VNE DRIADE.

  En amour c'est un avantage
  De pouvoir estre inconstant.
  Heureux un cœur qui se dégage
  Quand il n'est pas content.
  En amour c'est un avantage
  De pouvoir estre inconstant.

UN

UN FAUNE.

Nous goûtons les plaisirs les plus doux de la vie
Sans chagrin, sans jalousie,
Nous changeons chaque jour.
Il n'importe à l'Amour,
Il ne s'offence
Que de l'indiference.

UN FAUNE.

Sans cesser d'estre amoureux
Nous cessons d'estre fideles,
Nous quittons des beautez cruelles
Pour former de plus doux nœuds,
Nous cessons d'estre fideles
Sans cesser d'estre amoureux.

LE CHOEUR.

Aymons sans cesse
Changeons toûjours.
Une nouvelle tendresse
Pour réveiller les cœurs est d'un puissant secours.
Aymons sans cesse,
Changeons toûjours.

IARBE.

Joüissez des plaisirs où l'Amour vous convie ;
Trop heureuses Divinitez,
De ces lieux écartez
Laissez-moy dans ma rêverie,

D

Retirez-vous, je suis trop malheureux
Pour prendre part à vos jeux.

SCENE CINQUIE'ME.

IARBE, ARCAS.

ARCAS.

CE n'est pas sans raison que vostre ame allarmée
Par le bruit de la Renommée
Vous fait venir dans ces climats,
Tout parle de l'amour de Didon, & d'Enée;
Mais, grace au Ciel, il ne l'épouse pas;
Prest d'achever son himenée
Le Troyen part secretement,
Vostre amour qu'on méprise est vangé pleinement.

IARBE.

Arcas, que me dis tu? peut-on croire sans peine
Un si grand changement?

ARCAS.

C'est par l'ordre des Dieux qu'il quitte cette Reyne,

IARBE.

Ah! si j'avois le bonheur d'être aimé,
Vainement contre moy le Ciel seroit armé,
Tout l'enfer mesme
Ne pourroit me contraindre à quitter ce que j'aime.

ARCAS.

Les Amans qui sont contens
Ne sont pas les plus constans.

Quand on est seur du cœur d'une Maistresse,
On tourne ailleurs ses desirs,
Ce ne sont pas toujours les plaisirs
Qui font durer la tendresse.

Quelqu'un tourne icy ces pas,
C'est un Troyen, je le vois à ses armes.

IARBE.

Ciel! ne seroit-ce pas
Ce trop heureux Rival qui cause mes allarmes?
Je veux m'en éclaircir.

ARCAS.

Il part, que faites vous?

IARBE.

Je ne puis écouter que mon juste couroux.

SCENE SIXIE'ME.

ENE'E, IARBE, ARCAS.

IARBE.

UN mouvement de jalousie
Me fait connoître en vous ce fortuné Troyen,
Ce ravisseur d'un bien
Qui pouvoit faire un jour la douceur de ma vie.

ENE'E.

Ce mouvement jaloux
Me fait connoître en vous
Le Roy de Getulie.

J'ay vû Didon sensible à mon ardeur,
J'ay sur vous cét avantage,
Le Ciel, jaloux de mon bonheur,
M'ordonne de quitter Carthage:
Je pars accablé de douleur,
Faut-il que vous portiez la chaîne
D'une charmante Reyne
Que je ne puis effacer de mon cœur!

IARBE.

Ne craignez-vous point ma vengeance?
Ignorez-vous, audacieux,
Que du Maître des Dieux
J'ay receu la naissance?

ENE'E.

Si Jupiter vous a donné le jour
Je l'ay receu de la mere d'Amour.

Didon me sera toujours chere,
Et sans le Ciel à mon amour contraire,
Avant la fin du jour je serois son époux
Malgré toute vostre colere.

IARBE.

Ah! c'est trop braver mon couroux...
Mais quel nuage l'environne?

SCENE SEPTIE'ME.

VENUS, IARBE, ARCAS.

VENUS.

ARreste, Venus te l'ordonne.
Si tu n'a pas le secret de charmer
Contre mon Fils faut-il s'armer.

Ce n'est point aux Rivaux à qui l'on doit s'en prendre,
Quand on n'est pas aymé d'une ingrate beauté:
Pour la toucher on doit tout entreprendre,
Employer la constance, & la fidelité,
Les soins, les soupirs, & les larmes,
Sont les armes
Dont il faut se servir pour devenir heureux.

Les soins, les soupirs, & les larmes,
Sont les armes
Qui vous font triompher dans l'empire amoureux.

SCENE HUITIE'ME.

IARBE, ARCAS.

IARBE.

AH! Divinité cruelle,
Pourquoy nous separez-vous?
Quelle peine mortelle
Pour mon cœur jaloux!
Ah! Divinité cruelle,
Pourquoy nous separez-vous?

ARCAS.

Vous estes trop vangé, il quitte ce qu'il ayme,
Didon va ressentir une douleur extrême.

IARBE.

Allons joüir de ses regrets,
Je veux livrer son cœur au plus cruel supplice,
Luy reprocher son injustice
Et luy faire sentir les maux qu'elle m'a faits.

FIN DU SECOND ACTE.

ACTE III.

Le Theatre change & represente une allée d'Arbres, dont les branches se joignent par le haut en forme de berceau, & dans l'enfoncement une Grotte.

SCENE PREMIERE.

DIDON, UNE MAGICIENNE,

DIDON.

AH! quelle est mon inquietude
Au Temple de Junon je n'ay pû de-
  meurer,
Hâtez-vous de me tirer
De ma cruelle incertitude,
J'ay recours à vostre art & j'ay suivy vos pas
Pour voir vos plus affreux mysteres.

DIDON,
UNE MAGICIENNE.

Les Demons aujourd'huy font fours à mes prieres,
J'ay beau les invoquer ils ne m'entendent pas.

DIDON.

Quoy pour augmenter mon martire
Mefme dans les Enfers n'a t'on rien à me dire.

Enée en vain je l'appelle cent fois
Il ne répond pas à ma voix,
Dans le temps que nos cœurs amoureux & fideles
Par l'himen le plus doux devroient fe voir unir,
Qui peut le retenir
J'en reffens des peines mortelles.

Malgré fon extrême valeur
De fon Rival je crains la rage,
Que peut le plus grand courage
Contre l'amour en fureur.

Mais ne feroit-il point volage,
Que deviendrais-je, helas! fi ce retardement
Eft l'effet de fon changement,
J'ay conté fur ton affiftance
Conjure de nouveau l'infernalle puiffance.

UNE MAGICIENNE.

Redoublons nos efforts
Employons des charmes plus forts,
Invoquons Pluton mefme
Il connoift le tourment qu'on fouffre quand on aime.

Puiffant

Puiſſant Dieu des Enfers
Que l'Amour autrefois a tenu dans ſes fers,
Soyez touché des maux d'une Amante fidelle
Faites-luy ſçavoir promptement,
Par les noirs habitans de la nuit éternelle,
Ce qui retient ſon Amant.

La Terre s'ouvre en pluſieurs endroits, il en
ſort des Demons & des Furies.

SCENE SECONDE.

DIDON, UNE MAGICIENNE.
Troupe de Demons. Troupe de Furies.

UNE FURIE.

Tu reverras bien-toſt Enée,
Tu paſſeras encor du plaiſir au tourment
Dans cette fatale journée,
Mais aprés un cruel moment
Tu joüiras d'une paiſible vie,
Qui ne ſera jamais ſujette au changement
Et qui n'aura plus rien à craindre de l'envie.

CHOEUR des Habitans des Enfers.

Dans nos gouffres affreux
Parmy les feux,

E

Les tourmens effroyables
Nous sommes moins miserables,
Qu'un cœur dans l'empire amoureux.

Dans les Enfers sans cesse on nous tourmente,
C'est un horrible sejour,
Mais nostre chaîne est encor moins pesante
Que la chaîne de l'amour,
La Fureur & la Rage
Sont nostre partage.
Nous n'aymons rien
C'est toujours un bien,
La Fureur & la Rage
Sont nostre partage,
Nous n'aymons rien
C'est toûjours un avantage.

Les Demons & les Furies s'abiment.

SCENE TROISIE'ME.

DIDON, UNE MAGICIENNE.

UNE MAGICIENNE.

Tout répond à vos souhaits
L'Enfer a remply voStre attente
Dans ce jour vous serez contente,
Vous joüirez d'une paix
Qui ne finira jamais.

DIDON.

Je ne me sens pas plus tranquille
Souvent les Demons font trompeurs,
Ils ne sçauroient diffiper mes frayeurs,
Et ce n'eft qu'à l'Amour qu'il peut eftre facile
De raffeurer les tendres cœurs.

Tu ne viens point cher objet de ma flame
Rien ne peut égaller mon trouble & ma douleur,
Tout ce que l'Enfer a d'horreur
Eft paffe dans mon ame.

LA MAGICIENNE.

J'ay befoin de voftre fecours,
Venez, Demons des airs, haftez vous de paroiftre,
Sous la figure des Amours
Faiftes renaiftre
Dans le cœur de Didon le plus charmant efpoir.
Que la frayeur en foit banie
Par une douce armonie,
Haftez-vous de faire voir
De mes enchantemens le merveilleux pouvoir.

La Magicienne fe retire, le Ciel brille d'un
nouvel éclat, l'on en voit fortir plufieurs petits
Amours qui viennent dancer autour de Didon,
en tenant des guirlandes de fleurs.

SCENE QUATRIE'ME.

D I D O N, Troupe d'Esprits Aeriens
transformez en Amours.
LES AMOURS.

Souvent vos craintes font vaines
Tendres cœurs confolez-vous,
Il n'eft point de biens plus doux
Que ceux qui fuivent les peines,
Souvent vos craintes font vaines
Tendres cœurs confolez-vous.

Les Amours reprennent le chemin des Airs.

SCENE CINQUIE'ME.

DIDON, ANNE.

D I D'O N.

JE vous revois, ma fœur, que venez-vous m'ap-
prendre.

A N N E.

Ah! Princeffe trop tendre,
Faut-il vous accabler d'une vive douleur.

DIDON.

Cruel Amour est-ce la ce bonheur
Que je devois attendre.

Parlez, je tremble de frayeur;
Ne reverrais-je plus le Heros que j'adore,
A-t'il perdu le jour.

ANNE.

Son lâche cœur respire encore,
Tremblez, plûtost pour son amour.
Ce Prince volage
Se prepare à quitter Carthage,
C'est tout ce que j'ay pû sçavoir.

DIDON.

Vous n'en dites que trop, ô! Ciel je suis trahie,
Ma sœur il y va de ma vie,
Cherchez moy cet ingrat je veux du moins le voir,
Si l'excés de mon desespoir
Ne peut toucher son cœur perfide,
Je me vangeray sur le mien
De la legereté du sien.

ANNE.

Ne suivez pas le transport qui vous guide,
Vangez-vous d'un Ingrat qui vient de vous trahir,
Mais pour se bien vanger il ne faut pas mourir.

Il faut mourir pour un amant fidelle
Il faut mourir plûtoſt que de changer,
Mais pour un cœur qui veut ſe degager
Et qu'en vain l'on rapelle,
Il faut changer d'amour
Plûtoſt que de perdre le jour.

DIDON.

Ne cherchez point de remede à ma peine,
S'il n'a point de tendre retour.
Ma mort ſera certaine
Ma chere ſœur preſſez vos pas
Sans luy je ne puis vivre,
Peignez-luy, s'il ſe peut, les horreurs du trépas
Où ſon inconſtance me livre.

ANNE.

Ah! que ne puis-je adoucir vos ennuis,
Et vous rendre la paix que l'on vous a ravie.

DIDON.

O Dieux! je vois le Roy de Getulie,
Je veux l'éviter ſi je puis.

SCENE SIXIE'ME.

IARBE, DIDON.

IARBE.

Vous me fuyez perfide Reyne,
Vous avez oublié ce que j'ay fait pour vous;
          Ingratte inhumaine,
Ne craignez-vous point mon courroux.

          Vous pleurez devant moy cruelle
          Vous pleurez un volage amant,
Et voſtre cœur ingrat refuſe au plus fidelle
          Un ſoupir ſeulement.

IARBE & DIDON.

          Ah! que je ſuis a plaindre
          De ne pouvoir éteindre
          Une lache ardeur,
          Qui devore mon cœur;
          Ah! que je ſuis à plaindre.

DIDON.

Je rougis quand je penſe a ce que je vous doy,
          Vous n'avez que trop fait pour moy
          Mais la cruelle deſtinée
          Ne rend pas voſtre ſort plus doux,
          Et ſi ma raiſon eſt pour vous
Mon foible cœur eſt toûjours pour Enée.

IARBE.

C'en est fait le dépit vient de briser mes fers,
Je sors avec plaisir d'un funeste esclavage,
Et je ne me souviens des maux que j'ay soufferts
   Que pour vous haïr davantage.

   Ah! que je me sens agité,
Malheureux j'ayme encor bien plus que je ne pense,
  Le seul garand de nostre liberté
   Est la tranquille indifference.

   Vaines fureurs, transports jaloux
   Helas! de quoy me servez-vous,
   Je vous abandonnois mon ame
   Vous prometiez de me guerir,
   Et loin d'éteindre ma flâme
   C'est elle qui vous fait mourir.

DIDON & HIARBE.

Chassez de vostre cœur l'Amour qui le possede,
Ne voyez plus l'objet qui vous a sceu charmer,
   Quand on veut cesser d'aymer
  L'absence est le plus seur remede.

IARBE.

   Ah! quel remede affreux
   Cruelle est-il possible,
Qu'à mes mortels ennuis vous soyez insensible
   Vous m'avez rendu malheureux.

Par une injuste preference
Souffrez du moins que je reste en ces lieux,
Peut-estre que le tems, mes soins & ma constance
    Vous feront oublier ce Rival odieux.

DIDON.

Non, Prince, il ne faut point que vostre amour se
      flate,
Je vous plains, mais helas !

IARBE.

            Vous me plaignez, Ingrate,
Et cependant vous me laissez mourir
      Quand vous pouvez me secourir.

Faites quelque effort sur vous mesme
Contre un ingrat qui vous manque de foy ?
      Rien ne vous parle t'il pour moy ?
      Ma douleur, mon amour extrême
      Ne sçauroient-ils vous attendrir,
      Ingrate faut-il vous haïr
      Pour s'attirer vostre tendresse.

DIDON.

De mon cœur suis-je la maistresse.

Je n'espere aucun retour
Du perfide qui m'abandonne,
Et malgré les conseils que la raison me donne
Je ne puis surmonter un malheureux amour.

F

DIDON,

Prince, n'augmentez plus mon trouble & vostre peine,
Quittez ces lieux n'esperez pas....

IARBE.

C'en est trop inhumaine,
Je ne reverray plus vos dangereux appas.

Vous m'ostez toute esperance
D'adoucir vostre cruauté,
Mais craignez la juste vangeance
D'un amour irrité.

SCENE SEPTIEME.

DIDON seule.

Tout me trahit, tout m'est contraire,
Que vous me servez mal, mes yeux,
Vous inspirez une amour trop sincere
A ceux qui me sont odieux ;
Et vous n'avez plus l'art de plaire
A l'objet que j'ayme le mieux.
Tout me trahit, tout m'est contraire,
Que vous me servez mal, mes yeux.

SCENE HUITIE'ME.

DIDON, BARCE'E.

BARCE'E.

DE voſtre cœur moderez la triſteſſe,
Eſperez tout de vos attraits,
Enée & la Princeſſe,
Sont dans voſtre Palais.

DIDON.

Quoy? ma ſœur le rameine,
Amour viens renoüer ſa chaîne.

FIN DU TROISIE'ME ACTE.

ACTE IV.

Le Theatre change & represente un grand Salon orné de plusieurs figures qui marquent les Victoires que l'Amour a remportées.

SCENE PREMIERE.

DIDON, ENE'E, ANNE, ACATE.

DIDON.

Est-ce comme un Amant qu'enfin je vous revois,
Ou comme un ennemy qui vient m'oster la vie,
Ah! quand vous me l'aurez ravie,
Qui pourra vous aymer si tendrement que moy.

ENE'E.

Belle Princeſſe je vous ayme,
Mais noſtre amour autrefois ſi charmant
Fait mon plus grand tourment,
Je ne puis ſoulager voſtre douleur extrême.
Je ſuis contraint par un ordre des Dieux
De quitter ces aymables lieux.

DIDON.

O ! Ciel, ton excuſe eſt nouvelle,
Les Dieux vangeurs de l'infidelité
Commandent-ils d'eſtre infidelle ;
Je ne puis plus douter de ta legereté,
Acheve ingrat, dis-moy que le perfide Enée,
Ne peut s'aſſujettir aux loix de l'Hymenée.

ENE'E.

Ne percez point mon cœur des plus funeſtes coups,
Mon ſort me paroiſtroit toûjours digne d'envie,
Si je pouvois vivre pour vous ;
Mais le Deſtin veut que de l'Italie,
Je faſſe un Empire puiſſant :
Et c'eſt en vain que l'Amour gemiſſant,
Veut ſerrer le nœud qui nous lie.

DIDON.

Quand vous eſtiez bien enflamé
Vous n'aviez de plaiſir que celuy d'eſtre aymé.

Quelle cruelle difference,
Qu'eſt devenuë une ſi tendre ardeur?
Vous me precipitez du faite du bonheur
Dans une abiſme de ſouffrance.

ENE'E.

Je ne merite pas vos pleurs.
Je ſçavois bien que ma preſence
Ne feroit qu'aigrir vos douleurs.

DIDON.

Je ne reſpire plus qu'une affreuſe vangeance,
Crains tout de mon reſſentiment.
Barbare tu m'as fait une cruelle offence,
Et tu voulois partir ſecretement,
Sans ſonger que Didon, mourante, fugitive,
Pourroit de ton Rival devenir la captive.

Mais rien ne ſçauroit te toucher
Non, tu n'es point le fils d'une tendre Deeſſe,
Mais bien plûtoſt d'une tigreſſe,
Qui t'a nourri ſur quelque affreux Rocher.

ENEE.

De moment en moment mon deſeſpoir augmente,
Ie me ſens agitté d'un tourment ſans égal,
Quoy? faudra-t'il laiſſer la beauté qui m'enchante
Au pouvoir d'un Rival.

Importune raiſon ceſſe de me contraindre,
Je ne ſçaurois quitter de ſi charmans apas,
Laiſſe brûler un feu que tu ne peux éteindre,
Tu promets des ſecours que tu ne donne pas.
Importune raiſon ceſſe de me contraindre,
Je ne ſçaurois quitter de ſi charmans apas.

C'en eſt fait aymable Princeſſe,
Je demeure en ces lieux, je cede à la tendreſſe,
Mon cœur ne connoiſt plus d'autre Divinité,
Que voſtre beauté.

ENE'E, & ANNE.

Vous triomphez charmante Reyne,
Tout cede au pouvoir de vos yeux,
Malgré l'ordre des Dieux
Voſtre Amant réprend ſa chaîne.
Vous triomphez charmante Reyne,
Tout cede au pouvoir de vos yeux.

DIDON, ENE'E, & ANNE.

Pour nous ⎫
Pour vous ⎬ *vanger de cet ordre barbare,*

Qui s'oppoſoit à { *nos* / *vos* } *deſirs,*

Que jamais rien ne { *nous* / *vous* } *ſepare*

Raſſemblons ⎫
Raſſemblez ⎬ *pour toûjours l'Amour & les Plaiſirs.*

DIDON.

Allons, ma sœur, allons ordonner qu'on apprête,
A l'honneur de l'Amour la plus galante fête,
Il vient de combler mes vœux
Il ma rendu ce que j'ayme,
Je dois prendre soin moy-mesme
De rendre l'appareil pompeux.

SCENE DEUXIE'ME.
ENE'E ACATE.
ACATE.

Vous m'aviez commandé d'aller en diligence
Faire preparer vos Vaisseaux,
Et dans le moment que j'y pense
Vous formez des desseins nouveaux.

Vous deviez n'écoûter que les Dieux & la gloire,
Que sont-ils devenus tous ces beaux sentimens,
L'Amour dans vostre cœur remporte la victoire,
Et vous ne suivez plus que ses doux mouvemens.
ENE'E.
Lorsque Mercure au milieu d'un nuage
M'a commandé d'abandonner Carthage,
Suivant l'ordre des Dieux & du fatal Destin,
J'estois prest d'obeïr mais la Reyne trop tendre,
Au Temple de Junon se lassant de m'attendre,
A penetré mon dessein.

Et m'a fait menacer d'un d'esespoir funeste,
Tu viens d'estre témoin du reste.

ACATE.

Quoy? vous l'épouserez enfin
Malgré la suprême puissance.

ENE'E.

Par cet ordre plein de rigueur
Peut-estre que le Ciel veut éprouver mon cœur,
Il pourroit s'offenser de mon obeïssance,
Nous devons à Didon trop de reconnoissance,
Ses bontez ont toûjours prevenu nos souhaits,
Pourrions-nous la trahir aprés tant de bienfaits.

SCENE TROISIE'ME.

ENE'E, DIDON, ANNE, ACATE, BARCE'E.
LES JEUX, LES PLAISIRS. Troupe
de Cartaginois.

DIDON.

VEnez charmans Plaisirs il faut que tout res-
sente,
Dans ces aymables lieux le bonheur qui m'enchante,

ENE'E & DIDON.

Pour celebrer cet heureux jour
Chantez le pouvoir de l'Amour.

G

DIDON,

UN PLAISIR.

D'un tendre amour on ne peut se deffendre,
Les plus grands cœurs sont contraints de se rendre.

LE CHOEUR.

D'un tendre amour on ne peut se deffendre,
Les plus grands cœurs sont contraints de se rendre.

UN PLAISIR.

En vain l'on croit pouvoir s'en garentir
En s'opposant à sa naissante flâme,
Dés qu'il commence à se faire sentir
On ne sçauroit le chasser de son ame.

LE CHOEUR.

D'un tendre amour on ne peut se deffendre,
Les plus grands cœurs sont contraints de se rendre.

UN PLAISIR.

Si la raison aprés mille combats
Dans nostre cœur nous paroist la plus forte,
Lorsqu'on revoit un objet plein d'appas
Un doux penchant sur le devoir l'emporte.

LE CHOEUR.

D'un tendre amour on ne peut se deffendre,
Les plus grands cœurs sont contraints de se rendre.

UN PLAISIR.

L'Amour est fait pour l'aymable jeunesse,
Ah! qu'il est doux de sentir sa tendresse.

LE CHOEUR.

L'Amour eſt fait pour l'aymable jeuneſſe,
Ah! qu'il eſt doux de ſentir ſa tendreſſe.

UN PLAISIR.

Engageons-nous, formons d'aymables nœuds,
Dans le bel âge où l'on eſt fait pour plaire,
N'attendons-pas à ce temps malheureux,
Où l'on reſſent ce qu'on n'inſpire guere.

LE CHOEUR.

L'Amour eſt fait pour l'aymable jeuneſſe,
Ah! qu'il eſt doux de ſentir ſa tendreſſe.

UN PLAISIR.

Pour s'enflamer le mal eſt-il ſi grand,
Dans ces beaux jours peut-on n'eſtre pas tendre,
L'honneur d'avoir un cœur indifferent
Ne vaut jamais tous les ſoins qu'il faut prendre.

LE CHOEUR.

L'Amour eſt fait pour l'aymable jeuneſſe,
Ah! qu'il eſt doux de ſentir ſa tendreſſe.

LE CHOEUR.

Regnez charmant Heros dans un ſi beau ſejour,
Faites vous redouter ſur la terre & ſur l'onde,
Donnez des loix à tout le monde,
N'en recevez jamais que de l'Amour.

Les Plaiſirs ſont interrompus par un grand bruit
de Tonnerre, le Ciel ſe couvre de nuages épais.

DIDON,

DIDON.

Ah! quel surprenant Orage,
Cessez, cessez vos concerts;
Quel bruit affreux se répend dans les airs,
Quel funeste presage
Cessez, cessez vos concerts.

CHOEUR DE CARTHAGINOIS.

Dieux quels éclats de tonnerre!
Quel épouventable fracas,
Sous nos timides pas
Nous sentons trembler la terre.

DIDON.

Le Ciel est en couroux,
Sauvons nous, sauvons nous.

LE CHOEUR.

Sauvons nous, sauvons nous.

Didon se retire avec toute sa Cour, Enée la
voulant suivre est arresté par Mereure.

SCENE QUATRIE'ME.
MERCURE, ENE'E.

ENE'E.

LE plus beau jour se-change en une nuit obscure.

MERCURE.

Arreste & reconnois Mercure,
De la part du maistre des Dieux
Je viens encor te faire entendre,
Qu'il faut dans ce moment que tu quitte ces lieux.
Ou bien tu dois t'attendre
De recevoir le prix de ta temerité :
Va sauve-toy durant l'obscurité.

SCENE CINQUIE'ME.
ENE'E seul.

INfortuné que dois-je faire ;
Je ne vois rien qui ne me desespere :
Helas! faut-il quiter un séjour si charmant.
Ne sçaurois-je des Dieux appaiser la colere,
Qu'en perdant la beauté que j'aime tendrement.

Je mourray si je l'abandonne.
Le plus cruel trépas me paroist moins affreux.
Non je ne puis rompre de si beaux nœuds.
Ne partons point, mais le ciel me l'ordonne;
Et toy ma gloire tu le veux.

Ah! je succombe à ma douleur extrême.
Reservez puissans Dieux
Pour les ambitieux,
La grandeur suprême,
Et me laissez ce que j'aime;
Je fais tout mon bonheur
De regner dans son cœur.

Les éclairs redoublent, le Palais paroist tout en feu.

O! Ciel impitoyable,
Vous n'êtes point touché de mon sort déplorable.
Quel déluge de feux tombe sur ce palais.
Dieux! vous voulez ma mort, vous serez satisfaits.

SCENE SIXIE'ME.
ENE'E, ACATE.
ACATE.

JE vous retrouve, enfin ma crainte est vaine.
Que ces horribles feux m'ont fait trembler pour
vous.
Ah! croyez-moy, partez, que rien ne vous retienne.
Appaisez des Dieux le courroux.

ENE'E & ACATE.

Il faut mourir }
Il faut partir } *pour satisfaire,*
    A cette loy severe
Je ne pouray }
Vous ne pourez } *souffrir le jour,*
Loin de l'objet de mon }
Si vous n'immolez voſtre } *amour.*

ACATE.

Fuyez malgré l'amour, fuyez malgré vous-même;
    Ne tardez pas un moment.

ENE'E.

Fuyons malgré l'amour, fuyons malgré-moy-même.
    Ne tardons pas un moment :
Helas ! quand on fuit ce qu'on aime,
    Que l'on fuit lentement.

FIN DU QUATRIE'ME ACTE.

ACTE V.

Le Theatre change & represente les Jardins du Palais de Didon, & la Mer dans l'éloignement.

SCENE PREMIERE.

DIDON, BARCE'E.

DIDON.

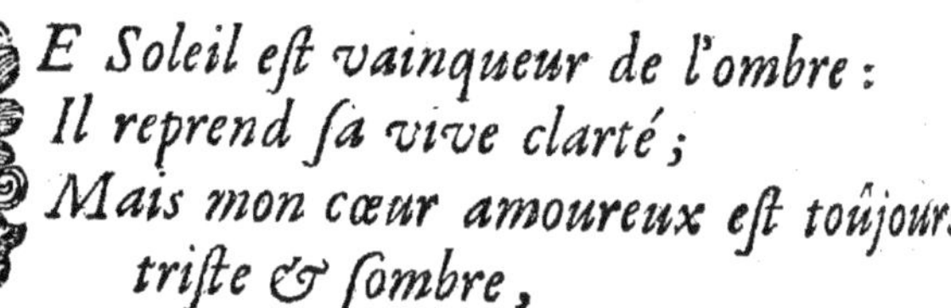

E Soleil est vainqueur de l'ombre :
Il reprend sa vive clarté ;
Mais mon cœur amoureux est toûjours
triste & sombre,
Loin du Heros charmant dont il est enchanté :
Helas ! cruel amour, le funeste ravage
Que tu fais dans les tendres cœurs.
Nos soupirs & nos pleurs
Durent bien davantage,
Que le plus grand orage.

Ou mon amant s'est-il pû retirer,
Lorsqu'un tonnerre affreux a troublé nostre fête?
Ah! si les Dieux vouloient nous separer;
Devoient-ils épargner ma tête?

BARCE'.

Vous cherchez ce Prince amoureux;
Sans doute, il vous cherche de même,
L'orage a fait cesser les Jeux
Avec un desordre extrême;
Mais rien ne peut plus les troubler:
Ils vont se rassembler.
Des Nymphes de ces lieux, une troupe s'avance,
Pour charmer vostre impatience.
Voyez leurs innocens plaisirs,
Je vais chercher l'objet de vos desirs.

SCENE SECONDE.

DIDON. Troupe de Nymphes.

UNE NYMPHE.

L'Orage cesse,
Que lon se presse,
De profiter d'un temps si beau.
Tout brille d'un éclat nouveau.

H

Ces lieux ont repris leurs charmes.
L'aimable flambeau du jour
A fait cesser nos allarmes ;
Et ce n'est plus que l'amour,
Qui peut nous couter des larmes.

UNE NYMPHE.

Que l'amour a d'apas,
Pourquoy s'en défendre ?
Qui craint d'être tendre,
Ne le connoist pas.

UNE NYMPHE & LE CHOEVR.

La beauté, l'aimable jeunesse,
L'éclat pompeux des grandeurs ;
Sans l'amour & sa tendresse,
Ne contentent pas les cœurs.

VNE NYMPHE & LE CHOEVR.

Que d'un cœur tendre & fidele,
Le bonheur seroit charmant,
Si d'une absence cruelle,
Il ignoroit le tourment.

VNE NYMPHE & LE CHOEVR.

Eloigné de ce qu'on aime,
On est flatté par l'espoir,
Et le plaisir est extrême,
Quand on vient à se revoir.

DIDON.
Mon inquiétude eſt mortelle :
Je ne ſuis point ſenſible à vos jeux les plus doux.
Allez Nymphes retirez-vous ;
Je vois ma ſœur, qu'on me laiſſe avec elle.

SCENE TROISIE'ME.

DIDON, ANNE.

ANNE.

Vous ignorez encor la grandeur de vos maux,
Enée eſt un ingrat, pour jamais il vous quite ;
C'eſt en vain qu'on voudroit s'oppoſer à ſa fuite,
Il eſt monté ſur ſes vaiſſeaux.

DIDON.
Ah ! quel ſanglant outrage,
Courons au rivage,
Si mes cris, mes triſtes ſanglots,
Ne peuvent arreſter ce cruel, ce volage.
Précipitons-nous dans les flots,
Courons au rivage.

ANNE.
Voulez-vous des Troyens attirer les mépris ?
Ciel ! quel abaiſſement pour une grande Reyne.

DIDON.
Faut-il qu'une mort inhumaine,
De mes bienfaits ſoit le prix ;

Qu'on faſſe des Troyens un horrible carnage,
Haſtez-vous de ſervir ma rage:
Bien toſt les vents furieux,
Vont dérober leurs vaiſſeaux à mes yeux.

ANNE.

Au nom des Dieux que voſtre trouble ceſſe,
Prenez ſoin de vos jours.

DIDON.

Pour ramener l'ingrat qui trahit ma tendreſſe
Employons de nouveaux ſecours;

Allez tout préparer pour faire un ſacrifice,
Ma ſœur, raſſemblez promptement
Ce qui peut nous reſter de ce perfide amant,
Pour l'offrir à l'enfer & le rendre propice;
Allez, allez, ne tardez pas.
Je vais ſuivre vos pas.

SCENE QUATRIE'ME.

DIDON ſeule.

TU *me fuis inconſtant, dis-moy quelle eſt ta*
rage?
L'affreux hyver ne ſçauroit t'arreſter;
Et pour toy mon amour eſt plus à redouter
Qu'un funeſte naufrage.

Tous ces flots en courroux me font trembler d'effroy:
Ils te puniront de ton crime,
De ton ambition tu seras la victime,
Tandis que je mourray pour toy.

Ingrat, prens pitié de toy-même;
Différe ton départ, du moins pour quelques jours:
Ne te souvient-il plus de nos tendres amours?
Non, tu n'est point sensible à ma douleur extrême,
Traistre, tu prens plaisir à voir
Mon cruel désespoir.
La plus implacable furie
Arracha de ton cœur
Ce qu'il avoit pour moy d'ardeur,
Et t'inspira toute sa barbarie.

Mais le ciel est touché de mes gemissemens;
On entend dans les airs d'horribles sifflemens.
La foudre, la tempête,
Eclatent sur ta tête.
Tu vas perir, ah! quel abisme affreux;
Tu ne peux éviter tant d'écüeils dangereux.

Dieux! c'est trop tost punir sa perfidie:
Attens, cruelle mort,
A terminer son sort,
Qu'il ait appris que j'ay perdu la vie.
Dans un desespoir si pressant,
L'ingrat ne doit plus guere attendre;

Du même fer dont il m'a fait present,
Je puniray mon cœur d'avoir esté trop tendre.

Mais le secours de ma fureur,
N'est pas un secours necessaire.
Je pers un inconstant, qui seul pouvoit me plaire;
C'est trop de ma vive douleur,
Pour me priver de la lumiere.

              Elle tombe évanouïe.

SCENE CINQUIE'ME.

DIDON évanoüie. L'Ombre de SICHE'E.

L'Ombre de SICHE'E.

APrés avoir trahi tes sermens & ta foy,
Peux tu souffrir le jour malheureuse Princesse?
Un infidele comme toy
Me vange de ta foiblesse,
Viens cacher pour jamais dans l'horreur du tombeau,
La honte d'un hymen que tu croyois si beau.

         Didon revient de son évanouïssement.

DIDON.

Que vois-je! quel phantôme à mes yeux se presente?
Ah! je fremis d'horreur, & d'épouvante.

         L'Ombre disparoist.

SCENE SIXIE'ME

ET DERNIERE.
DIDON seule.

UN genereux trépas dans ce fatal moment,
  Peut m'affranchir d'une peine cruelle;
Malheureuse Didon, pour finir ton tourment,
Meurs, l'ombre de Sichée est icy qui t'appelle.
Les enfers n'ont-ils pas prédit ton triste sort;
Tu les entens, enfin, cette paisible vie
    Qui n'est point sujette à l'envie,
    Est le repos qui suit la mort.

    Terminons des jours déplorables;
Mourons, puisqu'on me laisse en proye à ma fureur,
  Ne perdons pas ces momens favorables,
      L'ingrat qui trahit mon ardeur
      Vient d'échaper à ma rage.
      Déchirons ce funeste gage,
      D'un amant parjure & trompeur;
      Perçons du moins son image,
      Puisqu'elle est encor dans mon cœur.

Didon déchire la robe qu'Enée luy avoit donnée,
& se frape d'un poignard qu'elle portoit toûjours,
parce qu'il venoit de luy.

    Traître, reconnois ton ouvrage;

Vois ce coup inhumain :
Il part de ta cruelle main,
Pour contenter ta barbarie,
Ce n'estoit pas assez de mes vives douleurs,
Il falloit m'arracher la vie ;
Soule-toy de mon sang, ah ! c'en est fait je meurs.

Fin du cinquiéme & dernier Acte.

RAPPORT

SUR LES TRAVAUX

DE LA

SOCIÉTÉ IMPÉRIALE ZOOLOGIQUE D'ACCLIMATATION

PAR

M. J. Léon SOUBEIRAN,

Secrétaire des séances.

SEPTIÈME SÉANCE PUBLIQUE ANNUELLE

Tenue le 10 février 1863, a l'hôtel de ville.

PARIS

IMPRIMERIE DE L. MARTINET

RUE MIGNON, 2.

1863

RAPPORT
SUR LES TRAVAUX

DE LA

SOCIÉTÉ IMPÉRIALE ZOOLOGIQUE D'ACCLIMATATION,

Par M. L. SOUBEIRAN,

Secrétaire des séances.

Mesdames, Messieurs,

Acclimater et domestiquer les animaux et les végétaux qui peuvent devenir éminemment utiles, ajouter aux conquêtes déjà faites sur la nature celles qui pourront les égaler et même les surpasser, tel est le but que nous nous proposons, telle est la mission que nous voulons remplir. Certes, la tâche est noble et glorieuse ; mais avant de l'avoir accomplie, que d'efforts n'avons-nous pas à faire, que d'obstacles n'avons-nous pas à surmonter ! aussi ne progresserons-nous que lentement, et devrons-nous ne pas nous laisser décourager par les impatients qui veulent que la réalisation suive immédiatement le désir, que la moisson se recueille au moment même où la semence vient d'être confiée à la terre. Si, comme l'a dit Montaigne (1), « il faut croire des hommes plus ma-
» laysément la constance que tout autre chose, et rien plus
» aysément que l'inconstance, » que la grandeur du but vers lequel nous tendons nous fasse persévérer dans la voie qui nous est tracée, et éviter l'impatience qui, bientôt suivie du découragement, est un des dangers les plus grands contre lesquels nous ayons à lutter.

Marchons donc avec constance, et étudions successivement toutes les causes qui peuvent influer en bien comme en mal

---

(1) Montaigne, *Essais*, liv. II, chap. I : *De l'inconstance de nos actions*, p. 205. Édition Christian, 1855.

sur nos tentatives ; mettons à profit, pour des expériences ultérieures, les enseignements de nos premiers insuccès, et un jour viendra où, soyons-en assurés, de précieuses conquêtes auront récompensé nos efforts. Mais si nous devons toujours chercher à ajouter quelques nouvelles richesses à la liste de celles que nous possédons déjà, nous rappelant que « tel » animal ou végétal qui n'est aujourd'hui que d'un très mé- » diocre intérêt peut devenir d'une importance majeure » demain » (1), ne croyons au succès que quand l'épreuve du temps aura apporté sa confirmation ; nous éviterons par là de cruels déboires, et nous pourrons ainsi répondre par de nouveaux faits aux détracteurs de l'acclimatation.

En effet, combien est-il de personnes qui, nous accordant que le but que nous nous sommes marqué est grand et digne d'éloges, nous ont contesté, nous contestent encore la possibilité de l'atteindre. A leurs affirmations, comme l'a déjà fait, dans cette même enceinte notre illustre Président, qui nous prouvait que *nous ne vivons que de choses acclimatées* (2), répondons par des faits ; ajoutons-en de nouveaux à ceux déjà connus, et rappelons que sans l'acclimatation, notre belle France serait encore ce qu'elle était au temps des Celtes et des Gaulois (3). En effet, nos arbres fruitiers, nos céréales, nos chevaux, nos moutons, nos poules, presque tous d'origine asiatique, et qui se rencontrent aujourd'hui dans toutes les parties de l'Europe, sont des preuves vivantes que l'acclimatation est possible. Déjà, à une époque bien antérieure à la nôtre, ne voyons-nous pas les conquérants, sans être poussés par les mêmes idées qui nous guident aujourd'hui, faire de l'acclimatation, et involontairement compenser les ravages de leurs armes par les dons utiles qu'ils apportent aux vaincus. Aux trophées de la guerre, aux dépouilles de l'ennemi, à la longue suite des esclaves enchaînés, le triomphateur joignait les pro-

(1) Bosc, article NATURALISATION du *Nouveau cours complet d'agriculture théorique et pratique*, etc., t. X, 1822, p. 304.

(2) Drouyn de Lhuys, *Discours d'ouverture de la séance annuelle*, 1858, p. XXXIV.

(3) Bosc, *Théâtre d'agriculture* d'Olivier de Serres (notes), t. II, p. 597.

duits des contrées qu'il avait mises à feu et à sang, des animaux et des plantes qui, s'ils n'étaient alors que des objets de curiosité, restent encore maintenant pour témoigner des victoires passées. Avec les maîtres du monde, dignes appréciateurs de tous les genres de conquêtes, s'introduisirent en Europe, le Canard, le Lapin, le Prunier, et comme l'a dit Roucher :

> Le sage dans la foule aimait voir dans ses mains
> Porter le cerisier en triomphe aux Romains.

Les Espagnols, après la découverte de l'Amérique, envahissent ces riches contrées et payent largement l'or qu'ils ravissent aux Indiens, par l'introduction dans leur pays d'espèces inconnues jusqu'à eux, et c'est à ses cruels conquérants que l'Amérique est redevable du Cheval et du Mouton, qui y ont prospéré depuis cette époque. La colonisation et l'émigration continuent de notre temps l'œuvre des guerriers, et le voyageur, ce hardi pionnier de la science, qui, grâce à nos inventions modernes, aujourd'hui en Chine, sera de retour demain, aide à l'échange incessant des richesses de toutes les parties du globe. C'est au prix de ses peines et de ses veilles que l'Australie, qui manquait naguère de Moutons et de Lamas, en possède maintenant de nombreux troupeaux dans ses pâturages. A de tels faits que répondre ? il faut s'incliner, et reconnaître avec nous que l'acclimatation est possible.

Mais, objecte-t-on encore, il est entre les climats et les êtres une harmonie sans laquelle animaux et végétaux ne peuvent exister ; en cherchant à les porter dans d'autres contrées, vous détruisez les lois de cette harmonie, vous tentez l'impossible. Loin de nous de contester cet accord ; mais cette loi n'est pas aussi inflexible que le prétendent nos adversaires, car nos animaux domestiques vivent et se perpétuent dans des conditions multiples de chaleur et de froid, de sécheresse et d'humidité, de station, etc. : parmi les animaux transportés dans des contrées très éloignées de leur patrie, ne voyons-nous pas que peu à peu des modifications s'opèrent dans leurs habitudes, et qu'ils se plient aux influences nouvelles auxquelles ils sont exposés, de telle sorte que leur parturition, par exemple, se fait dans la saison la plus propice, et non plus exactement à l'époque où elle avait lieu originairement (1). Tous ces faits nous prouvent donc que les êtres peuvent modifier leur manière de vivre, en s'accommodant aux conditions nouvelles que nous leur imposons; mais ce sera seulement en marchant progressivement et en évitant tout changement trop brusque; et grâce à ces précautions, prises avec un soin infini, nous arriverons à les acclimater, c'est-à-dire au but même que nous nous proposons.

L'année qui vient de finir a, comme les précédentes, témoigné des progrès incessants que fait l'acclimatation (2), qui chaque jour trouve de nouveaux adhérents dans les diverses contrées du globe. C'est ainsi que nous avons salué la naissance de nouvelles sociétés, filles de la nôtre, à la Haye, à Hobart-town, à Auckland (Nouvelle-Zélande), à l'île de la Réunion et dans l'Australie du Sud (3), et que vous avez été

(1) « Le Cygne noir, qui, en raison du renversement de l'ordre des saisons dans l'hémisphère austral, pond et élève ses petits durant notre hiver, ne tarde pas, en Europe, à rapprocher ses époques de ponte de celles des espèces indigènes. Au Muséum d'histoire naturelle, il a suffi de peu d'années pour que la Bernache armée, dite Oie d'Égypte, au lieu de se reproduire, comme en Nubie, à la fin de décembre ou au commencement de janvier, reportât successivement ses pontes aux mois de février, de mars et d'avril. » (Isidore Geoffroy Saint-Hilaire, *Conférence sur quelques objections contre l'acclimatation*, dans le *Bulletin*, t. VIII, p. 291.)

(2) De Chaudordy, *Sur certains animaux de Suède et de Norvége* (*Bulletin*, t. IX, p. 104). — Richard (du Cantal), *Influence des sciences naturelles sur la production du sol* (*ibid.*, p. 737). — Léon Maurice, *De l'acclimatation dans le nord de la France* (*ibid.*, p. 751). — Duméril, *Zoologie géographique dans ses rapports avec l'acclimatation* (*ibid.*, p. 520). — Dupuis, *De la géographie botanique au point de vue de l'acclimatation* (*ibid.*, p. 434). — Rufz de Lavison, *Sur l'acclimatation en général et comme école de M. Geoffroy Saint-Hilaire* (*ibid.*, p. 719). — Viennot, *Sur les animaux acclimatés en Calédonie* (*ibid.*, p. 242). — *Sur l'acclimatation en Australie* (*ibid.*, p. 726, 827).

(3) La Société de Melbourne, par une lettre du 22 février 1862, nous a informé de la création d'une nouvelle Société d'acclimatation à Hobart-town (Tasmanie), et d'une autre Société semblable à Auckland (Nouvelle-Zélande) (*Bulletin*, 1862, t. IX, p. 437, 516).

heureux d'apprendre que, par les ordres de S. M. la reine d'Espagne, notre dévoué confrère M. Graells venait d'être chargé d'organiser un nouveau jardin d'acclimatation à Casa de Campo (1).

L'exposition universelle de Londres vous a fourni une occasion nouvelle de faire connaître vos travaux et le but que vous vous proposez. Votre vitrine, organisée par les soins d'une Commission spéciale (2), renfermait des spécimens intéressants des principales espèces sur lesquelles portent vos études, et des échantillons des produits qu'elles peuvent fournir. Grâce aux soins obligeants de votre dévoué confrère M. Fr. Davin, que vous trouvez toujours prêt dès qu'il s'agit de faire quelque chose d'utile pour l'industrie et pour la Société, un public nombreux a pu se rendre un compte exact de votre mission, qui, du reste, a été expliquée avec beaucoup de talent par M. le professeur J. Cloquet (3), dans le rapport fait au jury de l'exposition. L'intérêt universel que vous avez excité se trouve confirmé par les médailles qui vous ont été décernées et par celles qu'ont obtenues plusieurs de nos confrères (4), pour des travaux particuliers qui rentrent dans le cadre de vos études.

Pour initier plus sûrement à votre œuvre, pour faire connaître plus sûrement votre mission, outre le *Bulletin* qui reproduit vos travaux habituels, vous avez commencé, cette

(1) *Bulletin*, t. IX, p. 897.

(2) L'exposition de la Société à Londres, préparée par les soins d'une Commission composée de MM. Davin, Hébert et Rufz de Lavison, présentait une série complète des divers insectes sériciferes introduits jusqu'à ce jour, et des produits industriels qu'ils peuvent fournir ; une très belle collection des étoffes que M. Davin a obtenues des laines d'Alpaca, de Guanaco, et des Moutons de Mauchamp ; et des spécimens des principales espèces de végétaux qui ont été importés en Europe par les soins de la Société.

(3) *Rapports des membres de la section française du jury international sur l'Exposition universelle de Londres de 1862*, t. VI, p. 123. — *Bulletin*, t. IX, p. 1061.

(4) Les membres de la Société qui ont obtenu des médailles à l'exposition universelle de Londres sont : madame la comtesse de Corneillan et MM. Davin, Forgemol, Noël Suquet et Guérin-Méneville, dont les travaux sont trop connus de tous nos confrères pour que nous ayons à les rappeler ici.

année, la publication d'un *Annuaire* destiné à répandre, à vulgariser les grandes questions d'acclimatation. Car, vous y avez inséré, après les documents relatifs à la formation de votre Société et à ses travaux jusqu'à ce jour, des notices spéciales sur quelques-uns des faits d'acclimatation les plus intéressants et rédigés par vos plus éminents confrères (1). Les recherches que vous encouragez sont essentiellement pratiques, et la preuve en est dans les récompenses qui, cette année encore, vont honorer des résultats pratiques ; mais vous ne suivez pas avec un moindre intérêt les essais théoriques qui doivent être le guide de toute bonne expérimentation, et, vous rappelant le lien indissoluble qui réunit la théorie à la pratique, vous avez voulu désormais encourager celle-ci d'une manière continue, et vous avez inauguré cette année une ère nouvelle de récompenses pour les études théoriques sur les sujets qui nous intéressent (2).

Non-seulement votre Société a figuré avec honneur à l'exposition universelle de Londres ; mais sous son patronage, le Jardin d'acclimatation du bois de Boulogne a fait, au printemps dernier, une exposition de volatiles (3), qui réunissait

(1) Outre un sommaire de M. Drouyn de Lhuys sur le but que se propose la Société, l'*Annuaire* renferme : un *Historique de la Société*, par M. Hébert ; — un travail de M. le comte d'Éprémesnil, *Sur les récompenses décernées et les prix spéciaux proposés* : — une étude de M. Rufz de Lavison, *Sur l'organisation et l'historique du Jardin d'acclimatation du bois de Boulogne* ; — plus, des mémoires de M. A. Geoffroy Saint-Hilaire, *Sur l'Yak et ses croisements ;* — de M. Pomme, *Sur les races gallines ;* — de M. Duméril, *Sur l'acclimatation des poissons ;* — de M. Guérin-Méneville, *Sur les insectes nuisibles et les insectes utiles ;* — de M. Moquin-Tandon, *Sur l'Igname patate ;* — de M. Cosson, *Considérations générales sur l'Algérie étudiée au point de vue de l'acclimatation ;* — de M. A. Passy, *Sur la domestication et l'acclimatation des animaux ;* — de M. Dupuis, *Instructions générales pour les voyageurs et correspondants de la Société.*

(2) Sur le rapport fait par M. le comte d'Éprémesnil, au nom d'une Commission dont faisaient aussi partie MM. Moquin-Tandon, J. Cloquet, Duméril, le baron Séguier et Soubeiran, la Société a décidé d'accorder chaque année des récompenses, qui ne pourront être moindres de 500 francs, aux travaux théoriques sur des questions relatives à l'acclimatation (*Bulletin*, t. IX, p. 173).

(3) Drouyn de Lhuys, *Exposition de volatiles au Jardin d'acclimatation*

une collection riche et intéressante des plus belles espèces de nos oiseaux de basse-cour. Les éloges que vous a valus cette exposition, la première faite sous vos auspices, a engagé votre Société et celle du Jardin à en organiser de nouvelles cette année, non plus seulement pour les volailles, mais encore pour l'apiculture et la race canine (1), et tout fait espérer que le succès ne sera pas moindre que celui de l'an dernier.

Depuis notre dernière séance annuelle, la souscription que vous avez ouverte pour honorer la mémoire de Daubenton (2) a continué son cours, et le modèle de la statue confiée au talent de M. Godin est complétement terminé. Malgré l'écho qu'a trouvé votre appel, les sommes versées jusqu'à ce jour ne suffisent pas entièrement pour couvrir les frais que nécessite une pareille entreprise ; mais votre concours ne nous fera pas défaut, et nous fournira rapidement la faible somme nécessaire encore pour inaugurer, dans un avenir prochain, l'image vénérée d'un grand acclimatateur, au milieu du Jardin que vous avez consacré à l'acclimatation.

Les conférences (3) que vous avez instituées, il y a déjà

du bois de Boulogne (Bulletin, t. IX, p. 81). — Rufz de Lavison, Rapport sur l'exposition de volatiles au Jardin d'acclimatation du bois de Boulogne (ibid., p. 279).

(1) L'exposition de Chiens, qui doit avoir lieu au mois de mai prochain, doit présenter des spécimens des plus belles races et variétés de Chiens, et permettra une étude comparative du plus haut intérêt, qui sera certainement acceptée en France avec autant d'empressement que les expositions du même genre qui se sont déjà faites en Angleterre. (Voyez Pierre Pichot, *Rapport sur les expositions de Chiens en Angleterre (Bulletin, t. IX, p. 899). — Rufz de Lavison, Rapport sur un projet d'exposition universelle de la race canine (ibid., t. IX, p. 1009).*

(2) La souscription ouverte par la Société, pour l'érection d'une statue à Daubenton, auquel on doit l'introduction du Mérinos en France, a été accueillie avec empressement, et en tête des nombreux souscripteurs qui se sont inscrits, nous devons citer S. M. l'Empereur, Leurs Excellences les ministres, et nous devons rappeler que S. Exc. le Ministre d'État a bien voulu nous accorder le bloc de marbre nécessaire pour tailler la statue (*Bulletin*, t. IX, p. 234).

(3) Les conférences qui ont été faites cette année ont eu pour sujet divers points de l'histoire des animaux et des végétaux qui offraient un intérêt particulier au point de vue pratique, ou qui donnaient des renseignements

deux ans, et qui doivent contribuer à répartir les connaissances nécessaires pour tenter les acclimatations des diverses espèces, ont continué cette année, au siége de la Société et au Jardin, à attirer un concours nombreux d'auditeurs, qui, rendant un hommage mérité au zèle et aux talents de vos dévoués confrères chargés de cet enseignement, témoignent, par leur assiduité même, de l'intérêt qui s'attache à toutes les questions étudiées sous votre inspiration.

Pour répondre aux demandes nombreuses de renseignements (1) qui vous étaient faites par des voyageurs désireux de profiter de leur séjour dans les divers pays pour coopérer à votre œuvre, en envoyant ou en rapportant les espèces les plus intéressantes d'animaux et de plantes qu'ils pourraient rencontrer, la Société devait, chaque fois, faire préparer des instructions qui, rédigées souvent précipitamment, ne pouvaient qu'être incomplètes, et qui par suite n'atteignaient pas entièrement votre but. Il était nécessaire que des instructions générales fussent toujours prêtes pour les répandre dans toutes les régions du monde, et faciliter à tous les moyens de connaître les espèces utiles, et de vous envoyer seulement celles dont vous pouvez tirer le parti le plus avantageux. Cette tâche, confiée au soin d'une Commission composée des membres les plus compétents dans chaque spécialité, a été remplie suivant vos désirs, et le rapport fait par M. Dupuis vous permettra désormais de répondre aux nombreuses offres de services qui vous sont faites journellement (2).

Vous avez reçu de fréquentes communications sur les

généraux utiles à connaître pour tenter avec succès des expériences d'acclimatation. Les résumés de presque toutes ces conférences ont été insérés par leurs auteurs dans le *Bulletin* de la Société.

(1) Outre plusieurs instructions données aux divers voyageurs qui en ont fait la demande, il a été inséré au *Bulletin* (t. IX, p. 175) un mémoire renfermant des *Instructions relatives à une mission au Brésil*, confiée à M. de Villeneuve-Flayosc fils, et dû à nos zélés confrères MM. le comte de Villeneuve-Flayosc et J. de Liron d'Airoles.

(2) Le rapport de M. Ar. Dupuis, inséré au *Bulletin* (t. IX, p. 545), a été imprimé également dans le volume de l'*Annuaire* de la Société pour 1863, p. 340.

Yaks (1) et les Chèvres d'Angora, dont l'étude a été poursuivie avec zèle par MM. Richard (du Cantal) et Bouley.

Désireux de pouvoir faciliter la propagation et l'acclimatation de ces précieuses espèces par des éducations faites concurremment dans diverses localités, vous avez décidé de placer en cheptel, chez plusieurs de vos confrères (2), les animaux que vous aviez déposés jusqu'ici à la ferme de Souliard, et en même temps vous avez consacré une somme de 15 000 francs à une série de prix destinés à récompenser les succès les plus importants obtenus pour leur élevage et leur dressage (3). Tout porte à espérer que votre attente sera satisfaite, car cette année encore il vous est né de nouveaux produits de race pure ou métis (4), qui témoignent de la possibilité de voir un jour les Yaks et les Chèvres d'Angora aussi répandus chez nous que les autres espèces domestiques.

L'intérêt qui s'attache à tout ce qui a rapport à l'agriculture vous a fait suivre avec attention les détails contenus dans le

(1) Richard (du Cantal), *Note sur les animaux de la Société impériale d'acclimatation déposés à la ferme de Souliard* (Cantal) (*Bulletin*, t. IX, p. 1). — Debains, *Rapport sur les troupeaux d'Yaks et de Chèvres d'Angora réunis à Souliard* (*ibid.*, t. IX, p. 449). — Bouley, *Sur un croisement d'Yak et de Vache bretonne obtenu à Paris par M. Paul Seguin* (*ibid.*, t. IX, p. 290). — Indépendamment des Chèvres d'Angora que la Société a placées en cheptel, elle a fait don à la Société de Melbourne de dix de ces animaux, quatre Boucs et six Chèvres, dans le but de faciliter l'introduction de cette précieuse espèce en Australie, et pour répondre au désir qui lui en avait été exprimé par cette Société.

(2) *Bulletin*, 1863, t. X, p. 47. — Le troupeau de Souliard se composait d'un taureau Yak de pure race, de cinq Vaches de race pure, quatre Taureaux métis Aubrac et six Génisses Aubrac ; plus, de dix-sept Boucs d'Angora purs, de vingt-neuf Chèvres pures, de quinze Boucs métis, de quarante-deux Chèvres métisses de premier et de deuxième croisement. Ces animaux ont été confiés à S. A. I. le prince Napoléon, MM. de Fenouillet, Séguin, le vicomte de Morteuil, le comte d'Eprémesnil, Jacquemart et Euriat. De plus, quelques Chèvres ont été déposées au Jardin d'acclimatation du bois de Boulogne.

(3) *Bulletin*, t. X, 1863.

(4) M. Richard (du Cantal) nous a annoncé la naissance de deux jeunes taureaux de pur sang en mars et en mai 1862, et d'un métis d'Yak et de Vache Salers ; d'autre part, plusieurs naissances qui ont eu lieu au Jardin du bois de Boulogne sont venues augmenter le nombre des animaux que nous possédons.

rapport de notre dévoué confrère M. Sacc (1), qui, le premier, nous a fait connaître les travaux de S. M. le roi de Wurtemberg pour perfectionner l'agriculture de son royaume, et les renseignements qui vous ont été transmis par le comité d'acclimatation de Moscou, sur la ferme modèle et les belles vacheries de madame la princesse Kotschoubey (2).

Rappelons encore les communications intéressantes qui vous ont été faites sur le Buffle (3), l'Aurochs (4), les Chevaux orientaux (5), le Chameau de Tartarie (6) et les Léporides (7), ces produits que l'on affirme avoir été obtenus du croisement du Lapin et du Lièvre, et que l'on vend fréquemment aujourd'hui sur les marchés d'Angoulême.

Dans le but d'enrichir notre pays de nouvelles races ovines, vous vous êtes procuré des Moutons Romanowski (8), cette race que M. Gawriloff met tous ses soins à conserver dans sa pureté, et depuis vous avez décidé l'achat en Chine d'un troupeau de Moutons Ong-ti (9), si remarquables par leur fécon-

---

(1) Fréd. Debains, *Résumé des travaux de S. M. le roi de Wurtemberg pour l'amélioration des races d'animaux agricoles dans son royaume* (*Bulletin*, t. IX, p. 460). La Société est redevable également à M. Fr. Debains d'extraits nombreux du *Zoologische Garten of Francfurt*, dont les plus importants ont été insérés au *Bulletin*. M. Vrignault a également fait connaître une partie intéressante des travaux de S. M. le roi de Wurtemberg, en ce qui concerne spécialement les Chevaux et l'agriculture (*ibid.*, t. IX, p. 353).

(2) Madame la princesse Kotschoubey, dont la ferme modèle renferme une réunion nombreuse des plus belles races de Vaches connues, possède aussi de très riches volières, qui ont été signalées d'une manière toute spéciale à la Société par le comité d'acclimatation de Moscou.

(3) Docteur Sacc, *Étude sur le Buffle* (*Bulletin*, t. IX, p. 666).

(4) Viennot, *Sur l'Aurochs ou Bison d'Europe* (*Bulletin*, t. IX, p. 843).

(5) Pichon, *Sur quelques races de Chevaux orientaux* (*Bulletin*, t. IX, p. 654).

(6) E. Simon, *Sur le Chameau du désert de Cobi* (*Bulletin*, t. IX, p. 362).

(7) Jean Reynaud, *Note sur les Lapins-lièvres* (*Bulletin*, t. IX, p. 1023). On peut consulter aussi sur ce sujet un mémoire très intéressant de M. le docteur Broca.

(8) M. Gawriloff (de Romanoff), gouverneur de Saroslav, met les plus grands soins à conserver purs ses troupeaux de Moutons Romanowski, et en a adressé récemment une paire à la Société.

(9) M. le professeur Cloquet, qui a bien voulu se charger de faire parvenir au Jardin du bois de Boulogne les Moutons *Ong-ti* offerts à notre Société par

dité, puisqu'ils donnent plusieurs portées par an. Plusieurs spécimens de cette espèce, dus à M. John Bush (1), et transmis par Mme Cloquet, figurent avec honneur dans notre Jardin, auprès des Romanowski, des mérinos de Naz et des Mauchamp.

Votre attention a été vivement intéressée par l'exposé des travaux de l'un des acclimatateurs les plus zélés de l'Angleterre, le vicomte Powerscourt (2), qui a réuni chez lui une belle collection de Cerfs de différentes espèces, et en a obtenu de nombreux produits, parmi lesquels nous signalerons de curieux métis. Un mémoire qui vous a été adressé par M. Barthélemy-Lapommeraye (3) sur un hybride d'Antilopin, est venu confirmer toute l'importance qu'on doit attacher à l'étude des produits du croisement d'espèces différentes.

Nous vous rappelions, il y a quelques instants, l'exposition de volatiles (4) qui a eu lieu, ce printemps dernier, au Jardin d'acclimatation du bois de Boulogne, et qui a obtenu tout le succès que vous étiez en droit d'en attendre. Au nombre des

la Société d'acclimatation de Londres, a fait connaître quelques-unes des particularités relatives à ces animaux (*Bulletin*, t. IX, p. 570). Il a été inséré également au *Bulletin*, t. IX, p. 929, une description des Moutons Ong-ti de Chine par M. A. D. Bartlett.

(1) M. John Bush, trésorier de la Société d'acclimatation de Londres, a rendu d'innombrables services à notre cause avec un zèle et un dévouement au-dessus de tout éloge. Non-seulement il a conservé et multiplié la race de Moutons *Ong-ti*, mais il s'est occupé avec succès d'acclimater en Angleterre, l'*Anas obscura*, les *Hoccos*, les *Marails*, les *Dindons ocellés*, et donne tous ses soins à combattre les difficultés de la culture de l'*Igname de Chine*, qu'il a le premier introduite en Angleterre, en la recevant de notre Société.

(2) M. le vicomte Powerscourt possède une belle collection de Cerfs des différentes espèces, qui se reproduisent en liberté chez lui, et dont il a obtenu de nombreux et curieux métis, entre autres deux métis du Cerf d'Aristote et du Cerf commun, qui ont les caractères de l'une et l'autre espèce, les oreilles et le pelage du premier, le port et les formes du second. Les Cerfs du Japon, les Cerfs du Canada (*Wapiti*) vivent chez le vicomte Powerscourt et y sont en pleine prospérité.

(3) Barthélemy-Lapommeraye, *Sur un hybride de la tribu des Antilopins du sous-genre Gazelle* (*Bulletin*, t. IX, p. 467).

(4) Drouyn de Lhuys, *Sur un projet d'exposition de volatiles au Jardin d'acclimatation du bois de Boulogne* (*Bulletin*, t. IX, p. 81). — Rufz de Lavison, *Rapport sur l'exposition de volatiles* (*ibid.*, p. 279).

animaux qui y figuraient se trouvait une paire d'Autruches (1) nées au Jardin zoologique de Marseille. Si malheureusement, cette année, de fâcheuses circonstances n'ont pas permis à M. Noël Suquet de faire de nouvelles éducations, nous ne devons cependant pas arguer de cet arrêt dans ces études, que l'acclimatation de l'Autruche ne peut s'opérer, car vous avez été informés des heureux succès obtenus au Sénégal sous l'inspiration immédiate de notre généreux confrère M. Chagot aîné, et, d'autre part, des naissances nouvelles qui ont eu lieu au parc d'acclimatation du Buen-Retiro.

On a mené également à bien en Espagne des couvées de jeunes Dromées (2), et, à la même époque, M. William Bennett (3) a réussi à élever en Angleterre de jeunes Casoars, qui seront sans doute suivis d'une nouvelle génération, car, en ce moment même, la ponte de ces oiseaux s'opère encore. Tout nous permet donc d'espérer que la question sera complétement résolue dans un avenir prochain.

De nouveaux documents vous ont été fournis sur l'Agami, ce curieux oiseau qu'on a nommé le *commissaire de la basse-cour*, et les renseignements que vous avez reçus de MM. de Tarade (4) et Bataille (5) ont ajouté, s'il était possible, à l'intérêt qui s'attache à ce précieux animal, dont de beaux individus ornent la volière du Jardin.

(1) Plusieurs communications relatives à l'éducation des Autruches ont été faites à la Société, parmi lesquelles nous citerons le rapport de M. Hardy (*Bulletin*, t. IX, p. 856), et celui de M. Lucy, *Sur la valeur alimentaire de l'Autruche* (*ibid.*, p. 153).

(2) Graells, *Sur une éducation de Dromées en Espagne* (*Bulletin*, t. IX, p. 91). — Don Froylan de Ayala, *Sur les résultats de l'incubation des Autruches et des Dromées en 1862, au parc royal de Buen-Retiro, près de Madrid* (*ibid.*, p. 671). — Ramel, *Note sur l'Émeu* (*ibid.*, p. 397).

(3) M. William Bennett a obtenu en 1861 une première couvée de Casoars, qui, malgré les circonstances fâcheuses qui ont accompagné l'incubation, a donné naissance à quatre jeunes, dont deux ont continué à vivre et sont encore en très bonne santé. Depuis, une autre éducation a donné encore deux nouveaux jeunes, et en ce moment les parents recommencent leur troisième ponte.

(4) *Sur l'Agami* (*Bulletin*, t. IX, p. 298).

(5) *Note sur l'Agami* (*Bulletin*, t. IX, p. 210).

Les oiseaux de basse-cour ont continué à faire l'objet de vos études, et vous avez entendu, à ce sujet, les importantes communications de M. Granié (1) sur les Poules gasconnes et les Oies de Toulouse ; de MM. Rufz de Lavison et Dareste (2), sur les moyens de reconnaître la valeur des œufs destinés à l'incubation ; de M. Giot (3), sur son poulailler roulant, parfaitement disposé pour faciliter l'éducation de ces animaux dans nos campagnes, et amener la destruction des insectes, ce fléau de l'agriculture. Les travaux de MM. Boppe-Hermite (4), Tranquillo-Toaldi (5), Aquarone (6) et Girard Desprairies (7) ne vous ont pas laissés indifférents, et vous avez tenu à appeler l'attention sur les soins tout particuliers pris par Son Altesse Impériale la princesse Thérèse d'Oldenbourg, qui a réuni dans ses propriétés une riche collection de Poules de toutes races, et qui n'a qu'un seul rival en Russie, Son Altesse Impériale le grand-duc Nicolas.

Signalons encore les tentatives de M. Deplanche (8) pour ajouter aux richesses de la Nouvelle-Calédonie les oiseaux les plus utiles manquant encore à notre colonie, et celles de M. Simon (9) sur la reproduction et l'acclimatation du Fran-

(1) *Bulletin*, t. IX, p. 197.

(2) *Réponses à un questionnaire sur la fécondation des œufs de Galli- nacés (Bulletin*, t. IX, p. 366). — Dareste, *Sur les moyens de s'assurer de la fécondation des œufs de Gallinacés (ibid.*, p. 933).

(3) *Bulletin*, t. IX, p. 1059.

(4) M. Boppe-Hermite, qui s'est adonné avec beaucoup de zèle à l'éduca- tion des oiseaux, et a fait connaître le premier, à Nancy, plusieurs nouvelles espèces, s'est aussi occupé de l'introduction de nouveaux végétaux utiles.

(5) M. Tranquillo-Toaldi a beaucoup contribué à l'introduction de plu- sieurs espèces utiles dans le Tyrol.

(6) M. Aquarone, dont les riches volières renferment nombre d'ani- maux intéressants, a pu, par ses soins, préserver de fàcheux accidents quelques-unes des plus précieuses espèces du Jardin zoologique de Marseille.

(7) M. Girard Desprairies a obtenu en France plusieurs individus de l'Oie de Terre-Neuve.

(8) M. Deplanche a aussi appelé l'attention de la Société sur le *Rhino- cetos*, qui joint à une chair savoureuse les qualités de l'*Agami*, et se charge comme lui de la police de la basse-cour (*Bulletin*, t. IX, p. 242).

(9) Simon (*Bulletin*, p. 430, 506). Nous devons rappeler aussi les mé- moires de M. Chwatoff, *Sur la domestication du Tétras (ibid.*, p. 409); —

colin d'Adanson, qui font heureusement présager de l'avenir.

Parmi les oiseaux qui sont venus enrichir votre Jardin, citons le Goura (1), ce beau pigeon des Moluques que vous avez reçu de M. Cézard ; les Laughing Jacass (*Dacelo gigantea*) (2) que notre dévoué confrère M. Mueller vous a adressés de Melbourne en même temps qu'une collection de jolis oiseaux chanteurs australiens. La chasse active que fait le *Dacelo* aux serpents nous permet d'espérer que son introduction à la Martinique amènera, sinon la disparition complète, du moins la diminution des trop nombreux Trigonocéphales qui sont le fléau de cette colonie. Bientôt, sans doute, nous verrons les Laughing Jacass à l'œuvre, car nous avons reçu de M. Mueller l'assurance qu'il nous procurerait prochainement un nombre suffisant de ces oiseaux pour faire l'expérience sur une grande échelle, et nous savons que les promesses de notre dévoué confrère ne tardent jamais à être réalisées. Dans le but de nous donner des renseignements utiles pour arriver à la destruction des reptiles, MM. Hayes (3) et Chabriac (4) vous ont fait connaître les principaux animaux qu'on pourrait employer à cet usage.

Nous vous disions, il y a un an, que le Pic vert (5) était cité

celui de M. Barthélemy-Lapommeraye, *Sur l'éducation du Hocco de la Guyane* (*ibid.*, p. 933); — de M. Vauvert de Méan, *Sur le Capercaillie* (*ibid.*, p. 572); — Delouche, *Albinisme chez les Poules* (*ibid.*, p. 706); — Drouyn de Lhuys, *Sur les plumes de Dindon blanc* (*ibid.*, p. 433); — Sacc, *Sur le Psittacus eximius* (*ibid.*, p. 508); — Ray, *Plumes de Cigogne blanche* (*ibid.*, p. 433); — Olivier, *Poules en Algérie* (*ibid.*, p. 430).

(1) Les Gouras, donnés par M. Cézard, de Nantes (*Bulletin*, t. IX, p. 337), ont été l'objet d'une communication intéressante de M. Davier (*ibid.*, p. 798), qui a observé la ponte de ce bel oiseau.

(2) En outre, un mémoire important de M. Ramel nous a fait connaître les particularités les plus intéressantes du *Laughing Jacass* (*Dacelo gigantea*) (*Bulletin*, t. IX, p. 295, et *ibid.*, p. 137, 149, 237, 349).

(3) *Sur les animaux destructeurs des serpents dans l'Inde* (*Bulletin*, t. IX, p. 770).

(4) *Sur les oiseaux destructeurs des serpents au Brésil* (*Bulletin*, t. IX, p. 473).

(5) Hubert Brierre, *Rapport sur le Pic vert* (*Bulletin*, t. IX, p. 356). La Société a reçu plusieurs autres communications à l'occasion de la question du Pic vert considéré comme insectivore, et de l'utilité des autres oiseaux

à votre barre comme coupable de méfaits envers nos bois, que ne pouvait balancer sa qualité d'insectivore. Si ses accusateurs étaient ardents, il a trouvé parmi vous de chauds défenseurs, et, après avoir mûrement pesé les raisons qui pouvaient l'incriminer comme celles qui étaient à sa décharge, vous avez décidé qu'il était un insectivore utile, et que s'il ne méritait pas tous les éloges que lui donnaient ses partisans, il n'était cependant pas aussi coupable que voulaient le faire ses ennemis; par votre verdict, vous avez déclaré qu'il n'avait mérité ni cet excès d'honneur ni cette indignité.

Le repeuplement des eaux se poursuit avec activité, grâce à l'initiative, à l'impulsion et aux encouragements de votre Société; aussi cette année, comme les précédentes, de nombreuses communications (1) vous ont-elles été faites sur la pisciculture et les diverses études qui s'y rattachent, et avez-vous pu suivre, avec tout l'intérêt qu'ils méritent, les travaux de pisciculture fluviale et maritime qui sont entrepris, sous l'inspection directe du Gouvernement, et qui permettront de fournir bientôt aux populations d'énormes quantités d'aliments dont jusqu'à ce jour elles étaient privées.

Une tentative toute spéciale a été faite avec votre concours par M. Lamiral (2), qui vous avait présenté déjà plusieurs

insectivores : Debeauvoys, le *Pic vert comme ennemi des Abeilles* (*ibid.*, p. 706); — Main, *Sur le Pic vert* (*ibid.*, p. 137); — Pigeaux, *Utilité des Oiseaux nuisibles* (*ibid.*, p. 807); — Sacc, *Sur les Moineaux* (*ibid.*, p. 706); — Thomas, *Sur le Pic vert* (*ibid.*, p. 173); — Saint-Aignan, *Sur le Pic vert* (*ibid.*, p. 424); — Turrel (*ibid.*, p. 470), Comte d'Esterno (*ibid.*, p. 339), — P. Goussin (*ibid.*, p. 424).

(1) Parmi les nombreuses communications faites à la Société, nous devons rappeler, entre autres, les travaux de M. A. Lloyd, *Sur l'aquarium du Jardin d'acclimatation* (*Bulletin*, t. IX, p. 107); — de M. A. Gillet de Grandmont, *Histoire de la pisciculture* (*ibid.*, p. 978); — Millet, *Sur la pisciculture* (*ibid.*, p. 69); — Abadie, *Pisciculture et ostréiculture en Vendée* (*ibid.*, p. 798); — Chavannes, *Pisciculture en Suisse* (*ibid.*, p. 345); — des Nouhes de la Cacaudière (*ibid.*, p. 513); — de la Fons, baron de Mélicocq, *Sur les poissons au moyen âge* (*ibid.*, p. 251); — Ramel (*ibid.*, p. 536); — Passard, *Sur l'Unio margaritifera* (*ibid.*, p. 351).

(2) Lamiral, *Mémoire sur l'acclimatation, la pêche et le commerce des Coquilles à nacre, à perles et à byssus* (*Bulletin*, t. IX, p. 212, 298). — *Rapport sur un essai d'acclimatation des Éponges de Syrie dans les eaux*

mémoires sur la possibilité d'acclimater et de cultiver le Corail, les Coquilles à perles, à nacre et à byssus, et les Éponges, dans celles de nos eaux algériennes et méditerranéennes qui en sont encore privées. Chargé par vous d'aller recueillir en Syrie des Éponges pour les installer sur nos côtes de Provence, notre dévoué confrère a pu en déposer un certain nombre dans des conditions qui nous permettaient d'espérer d'heureux résultats. Malheureusement nous avons été déçus dans notre espoir, et, par suite des circonstances exceptionnelles qui se sont présentées, tout a été détruit ou perdu (1) : les éléments et les hommes ont conspiré contre le succès de notre œuvre; mais ne nous décourageons pas, et conservons l'assurance qu'un autre essai sera plus heureux.

Nous avons échoué encore dans une autre tentative, celle

françaises de la Méditerranée (ibid., p. 641). La Société, convaincue de l'utilité qu'il y aurait à tenter une pareille entreprise, après avoir pris des renseignements auprès de ceux de nos confrères qui s'étaient occupés plus spécialement des animaux marins inférieurs, a chargé M. Lamiral d'une mission spéciale que notre dévoué confrère a accompli au prix de nombreuses peines et avec le plus grand soin, bien que cependant toutes les conditions les plus heureuses n'aient pu se trouver réunies pour arriver aux meilleurs résultats, et que l'introduction des Éponges syriennes dans nos eaux n'ait pu s'opérer qu'alors que l'essaimement de ces animaux était déjà trop avancé. La Société a trouvé dans cette circonstance le concours le plus empressé de la part de S. Exc. le Ministre de la marine et le Gouverneur général de l'Algérie, qui ont bien voulu nous accorder une allocation sur les fonds de leurs ministères, dans le but de favoriser ainsi une expérience d'un très haut intérêt, et donner des ordres pour faciliter la mission de M. Lamiral. La Société doit aussi ses remercîments à M. Coste, inspecteur général des pêches, qui lui a prêté également son plus bienveillant concours. Outre le mémoire de M. Lamiral sur l'acclimatation des Éponges, il a été aussi adressé à la Société un travail très intéressant de M. Espina, agent consulaire, sur les Éponges de Barbarie (*Bulletin,* t. X).

(1) Dans un second rapport, lu à la fin de l'année 1862, M. Lamiral a fait connaître à la Société le compte rendu de ses recherches sur les divers points où il avait déposé l'été dernier ses Éponges, et attribue en grande partie les résultats fâcheux de cette tentative aux dégradations des pêcheurs du littoral, qui, guidés par les bouées qui servaient de points de repère, ont enlevé les Éponges des caisses où elles avaient été immergées, et ont ainsi sacrifié à l'appât d'un lucre minime, mais immédiat, les sources d'une fortune presque assurée, mais réalisable seulement dans l'avenir. (*Bulletin,* t. X, p. 8.)

de l'introduction du Gourami (1) dans nos eaux. Malgré les plus grandes précautions prises par nos confrères MM. Liénard (de la Réunion), les poissons qu'ils nous envoyaient ont succombé pendant le voyage ; mais cet échec ne les a pas découragés, et ils sont résolus à tenter de nouveau, jusqu'à ce qu'ils aient enfin réussi, cette introduction par tous les moyens possibles. En échange du Gourami, nous voulons, de notre côté, doter les eaux de la Réunion de quelques-unes de nos espèces européennes, et les études nécessaires pour arriver à une heureuse réalisation de ce projet ont été faites avec le plus grand soin par notre zélé confrère M. René Caillaud (2), dont vous connaissez depuis longtemps l'ardeur à propager la pisciculture, et auquel, en grande partie, nos côtes de la Vendée sont redevables d'établissements nombreux pour l'éducation des Huîtres. Dans cette œuvre éminemment utile, il a trouvé le concours le plus empressé de la part de MM. Belenfant (3),

(1) Le Gourami (*Osphromenus olfax*, Commerson), originaire des rivières de l'Asie orientale, et surtout de la Chine, a été introduit déjà de son pays originaire à l'île Maurice ; il a déjà été l'objet de quelques tentatives d'acclimatation, et tout porte à penser que son introduction pourra s'opérer en France, au moins dans nos provinces méridionales. Bien que supposée facile par Lacépède, cette introduction, qui demande de grands soins, n'a pas encore réussi, peut-être parce qu'on a cherché à faire porter l'expérience sur des individus adultes ; mais en ce moment même nos dévoués confrères de l'île de la Réunion cherchent à réunir des individus encore très petits, et espèrent qu'ils pourront supporter plus facilement les fatigues du voyage, et nous faisons les vœux les plus ardents pour que leurs efforts, couronnés enfin de succès, leur permettent de doter notre pays d'une des espèces de poissons les plus justement estimées (*Bulletin*, t. IX, p. 898, 917).

(2) M. René Caillaud, qui s'est adonné tout particulièrement à l'étude de la pisciculture marine et fluviatile, a été le promoteur ardent des recherches qui se sont faites dans ces dernières années en Vendée, et, par son exemple et ses conseils, il a déterminé un grand nombre de personnes à se livrer à ces expériences, qui aujourd'hui déjà donnent les résultats les plus avantageux. Ayant pu faire parvenir à l'aquarium du Jardin du bois de Boulogne un bloc de rocher perforé par des Pholades, M. René Caillaud a donné en même temps d'intéressants détails sur ces animaux (*Bulletin*, t. IX, p. 725).

(3) M. Belenfant, commissaire de l'inscription maritime à la Rochelle, a présidé à l'installation de toute l'organisation des établissements d'ostréiculture, des *bouchots*, viviers à poissons, etc., qui se sont formés depuis 1852 dans les environs de la Rochelle, et principalement à Chatelaillon. Zélé insti-

2

Delabigne-Villeneuve (1) et Tayau (2), commissaires de l'inscription maritime, grâce auxquels des milliers d'établissements d'ostréiculture ont pu s'établir depuis quelques années
autour de la Rochelle, à l'île de Ré et aux Sables d'Olonne.

A côté des insuccès dont nous vous parlions il y a un instant,
et que nous ne devions pas vous taire, car ils nous ont apporté
leurs enseignements pour des entreprises ultérieures, nous
pouvons heureusement constater avec vous une série nouvelle
de résultats satisfaisants dans la culture des eaux.

Par l'emploi des frayères artificielles, imaginées par notre
confrère M. Millet (3) et généralisées dans ces dernières

gateur de tous ces travaux, il leur accorde une protection dévouée, et grâce
à ses soins, près de trois mille concessionnaires ont pu s'occuper à l'organisation d'une culture de la mer.

(1) M. Delabigne-Villeneuve, commissaire de l'inscription maritime aux
Sables d'Olonne, a suivi le bel exemple donné par M. Belenfant, et grâce à
l'élan qu'il imprime, et aux secours qu'il ne cesse de donner à l'ostréiculture, et surtout aux viviers de poissons, la production se trouve notable-
ment aidée, et en un temps très court une centaine d'établissements ont
pu être créés.

(2) M. Tayau, commissaire de l'inscription maritime à l'île de Ré, qui a
tenu aussi à imiter ce qui s'était fait d'abord à la Rochelle, a vu ses efforts
récompensés par un magnifique résultat, puisque, aujourd'hui, six mille établissements sont formés sur la côte de l'île de Ré, si propice à toute tentative
de ce genre.

(3) Notre zélé confrère M. Millet, qui s'est adonné d'une manière toute
spéciale à la pisciculture, et qui a payé un large tribut à la Société par de
fréquentes communications et par les conférences qu'il a faites encore cette
année, a rendu compte à la Société du résultat de ses recherches sur l'importance des études thermométriques des eaux pour guider dans toutes
les expériences de pisciculture (*Bulletin*, t. IX, p. 1049). Pour étudier le
mystérieux phénomène des migrations des poissons voyageurs, et pour constater leur rapide accroissement, en ce qui concerne particulièrement le
Saumon, notre confrère a eu l'ingénieuse idée de donner aux Saumons rete-
nus captifs dans le premier âge des aliments contenant de la garance en
poudre. Cette substance colorant en jaune rouge les arêtes du Saumon,
comme les os des mammifères, il devient dès lors facile de reconnaître les
animaux soumis à ces importantes et curieuses expériences. C'est par ce
moyen que M. Millet a pu constater, sans mutiler les jeunes poissons par des
anneaux ou des entailles aux nageoires, qu'un Saumoneau pesant, à l'époque
de la descente à la mer, 60 à 80 grammes, revient en eau douce, au bout
de quelques mois, avec un poids de plusieurs kilogrammes.

années, on a pu obtenir d'excellents résultats sans manipu-
lations difficiles et sans dépenses considérables. De nombreux
documents statistiques et une série variée d'expériences très
curieuses sur le rendement des eaux douces ont amené notre
confrère à reconnaître que les poissons sédentaires ne peuvent fournir à la consommation générale que des produits
très limités, tandis que les espèces voyageuses reviennent
dans ces eaux par légions, et y apportent des produits en
quelque sorte illimités. Certainement, de toutes les espèces de
poissons qui fréquentent les eaux douces, le Saumon, l'Alose
et l'Anguille sont plus spécialement destinés à fournir à
l'homme d'abondants et excellents produits qui ne lui coûtent
presque rien, puisqu'ils vont se développer et s'engraisser à
la mer, source inépuisable d'aliments de toute sorte.

De curieux produits de l'éducation des Truites, obtenus
par fécondation artificielle, nous ont été présentés par
M. Tandou (1) et par M. Roger-Desgenettes (2), qui a réussi
à faire vivre ses poissons dans les eaux de la Marne et dans
un vivier, où ils atteignent rapidement de fortes dimensions ;
fait très curieux, car il démontre la possibilité pour la Truite
de vivre et de prospérer dans des eaux moins pures que celles
qu'elle habite ordinairement.

Plusieurs autres observations importantes vous ont fait
connaître les résultats des essais de MM. Chevallereau, des
Nouhes de la Cacaudière et Saint-Prix (3), et tout récemment
M. A. Gillet de Grandmont, après vous avoir exposé des

(1) M. Tandou a mis sous les yeux de la Société des spécimens de ses éducations de Truites aux environs de Corbeil, et a pu démontrer ainsi que ces
poissons sont susceptibles de fournir rapidement des individus remarquables par leur taille, même élevés en captivité (*Bulletin*, t. IX, p. 1048).

(2) M. Roger-Desgenettes, qui, à plusieurs reprises, a entretenu la Société
des expériences de pisciculture qu'il a instituées à Saint-Maur, près de Paris
(*Bulletin*, t. IX, p. 514, 1045, 1049), a présenté également des spécimens
très beaux de Truites élevées par lui dans un vivier alimenté par les eaux de
la Marne, et des individus pêchés dans cette rivière, et provenant de produits
de ses éducations qu'il y avait déposés.

(3) C. de Saint-Prix, *Question de pisciculture en basse Bretagne*. Bro-
chure in-8, 1862.

expériences sur la fécondation de la Fera (1), vous a entre-
tenus de la réussite de l'empoissonnement du lac Pavin, en
Auvergne (2).

M. Vançon vous a soumis l'appareil ingénieux qui lui
permet de transporter les poissons vivants à de grandes dis-
tances. Vous avez aussi reconnu avec satisfaction les bons
services rendus à l'acclimatation marine par MM. Leprelle et
Renouf. Signalons enfin le mémoire qui vous a été adressé par
M. Viennot (3) sur les parcs de Crustacés en Angleterre, et
les travaux de M. Fruchier (4) sur la pisciculture et l'éducation
des Sangsues, dont il a doté le département des Basses-Alpes.

Cette année encore, de nombreuses communications (5)

(1) M. Anatole Gillet de Grandmont a communiqué à la Société un mémoire sur la fécondation artificielle de la Fera, et sur les meilleurs moyens
de propager dans nos eaux ce poisson, qui, jusqu'à ce jour, n'a pu s'y
développer convenablement, faute d'avoir jusqu'ici trouvé toutes les conditions les plus essentielles à son développement (*Bulletin*, t. X, p. 16).

(2) Dans une des dernières séances de la Société (6 février 1862), M. A.
Gillet de Grandmont a fait connaître à la Société les heureux résultats de
l'empoissonnement du lac Pavin par M. Ducros, tentative sur laquelle
M. Lecoq avait déjà attiré l'attention, en présentant une Truite très volumi-
neuse provenant de ce lac (*Bulletin*, t. IX, p. 345).

(3) *Sur les parcs de Crustacés en Angleterre* (*Bulletin*, t. IX, p. 1026).
Dans ce travail, M. Viennot a fait connaître le développement considérable
de cette industrie en Angleterre, et les précautions prises dans ce pays pour
approvisionner d'une manière continue et convenable les marchés des divers
Crustacés qui figurent sur les tables.

(4) *Hirudiniculture dans les Basses-Alpes* (*Bulletin*, t. IX, p. 1041).

(5) Notre zélé confrère M. Guérin-Méneville nous a tenus, comme les
années précédentes, au courant de tous les faits intéressants qui se sont présentés durant le cours de la campagne séricicole de 1862, et a résumé dans
un rapport important, auquel nous avons emprunté presque tous les renseignements que nous avons indiqués dans notre compte rendu, toutes les communications qui ont été faites, soit à la Société, soit à lui-même, et qui étaient
de nature à intéresser nos confrères.

Nous devons rappeler ici les importantes communications de M. le docteur
Forgemol, *Sur un mode particulier et nouveau de dévidage en soie grége
des cocons ouverts du Bombyx Cynthia et autres* (*Bulletin*, t. IX, p. 308);
— de M. Girodon, *Rapport sur la sériciculture dans les provinces russes
du Caucase* (*ibid.*, p. 115); — de M. Maurice Girard, *Sur le Sericaria Mori*
(*ibid.*, p. 962, 1050); — de M. Pierre Pichot, *Sur l'introduction du Ver à
soie de l'Ailante en Russie* (*ibid.*, p. 724).

relatives à la sériciculture nous sont parvenues, bien que cependant l'influence fâcheuse de la gattine ait continué à s'exercer. Nous devons faire remarquer que, malgré l'appel pressant que vous avez déjà fait à plusieurs reprises, les personnes qui vous adressent des rapports sur leurs éducations se contentent trop souvent d'énoncer seulement leurs résultats, et négligent de vous faire connaître tous les détails qu'il vous importerait de savoir pour vous rendre un compte exact de ce qu'a présenté de particulier la campagne séricicole. Elles devraient ne pas oublier que cette négligence influe nécessairement sur les décisions prises lors de la distribution des récompenses, et que plusieurs d'entre elles eussent certainement figuré avec honneur sur votre liste de lauréats, si elles vous avaient soumis tous les documents qui pouvaient vous éclairer. Nous adjurons donc tous ceux qui s'occupent de sériciculture, comme tous ceux qui se présentent à vos concours, de prendre le soin de joindre à leurs mémoires toutes les pièces à l'appui.

Comme toujours, vous avez trouvé au premier rang, parmi tous ceux qui s'occupent de l'éducation des Vers à soie et des nombreuses questions que soulève cette branche de nos études, notre dévoué confrère M. Guérin-Méneville (1), qui, non content de donner l'impulsion aux nombreux sériciculteurs qui ont recours à ses lumières, vous tient au courant de tout ce qui se passe dans les diverses localités où l'on s'occupe de sériciculture, et vous fournit, par ses rapports lumineux, le moyen de suppléer à ce que les observations qui vous sont adressées ont d'incomplet, et par suite d'obscur.

La maladie qui a continué à sévir sur les Vers à soie a été l'objet d'études importantes; et, sans parler ici des théories

---

(1) Entre autres travaux, nous devons à M. Guérin-Méneville : un *Résumé sommaire des travaux de sériciculture exécutés en 1861, sous l'inspiration de la Société* (*Bulletin*, t. IX, p. 21). — *Quelques faits relatifs à l'introduction de l'Ailante à l'étranger et aux éducations du Ver à soie du Ricin* (*ibid.*, p. 388). — *Éducation du Ver à soie du Ricin en Suisse* (*ibid.*, p. 238). *Nouveaux documents sur le Ver à soie de l'Ailante* (*ibid.*, p. 433).

par lesquelles on a voulu l'expliquer, nous vous rappellerons les recherches remarquables de M. le docteur Chavannes (1), qui vous a exposé les moyens qu'il emploie pour la combattre, et vous a fait connaître les heureux succès de ses éducations en plein air. M. Nourrigat (2), auquel nous sommes redevables d'une nouvelle espèce de Mûrier qui facilite singulièrement les éducations, a continué, avec le zèle que vous aviez reconnu dans les précédentes années, ses recherches sur les moyens de guérir les maladies des *Bombyx*, et de remédier ainsi à la mortalité désastreuse qui décime nos magnaneries. Vous trouverez certainement aussi de précieuses indications dans les mémoires qui vous ont été adressés de Chine par M. Simon (3), et qui nous apprennent les précautions infinies des Chinois pour se procurer de la graine aussi saine que possible.

Vous avez reçu des rapports très intéressants de madame veuve Boucarut (4) et de madame la comtesse de Labédoyère (5), qui ont continué avec autant de zèle que par le passé leurs éducations de Vers à soie, en notant scrupuleusement chacun des phénomènes qui ont accompagné les di-

---

(1) Notre savant délégué à Lausanne a publié le résultat de ses études sur la gattine dans un mémoire, couronné en 1861 par l'Institut lombard des sciences et arts, *Sur les principales maladies des Vers à soie et leur guérison*, dont il a communiqué les conclusions à la Société dans sa séance du 25 avril 1862 (*Bulletin*, t. IX, p. 408). Il a démontré également par des expériences très bien conduites qu'il y aurait de grands avantages, pour restaurer les races de Vers à soie, à faire des éducations pour graine en plein air.

(2) M. E. Nourrigat (de Lunel), qui se dévoue à des études sérieuses pour arriver à l'acclimatation des Vers exotiques susceptibles d'être introduits en France, poursuit avec un zèle égal ses recherches sur les maladies des Vers à soie et des Mûriers.

(3) *Sur la sériciculture en Chine* (*Bulletin*, t. IX, p. 220). — *Sur une nouvelle race de Vers à soie nommés Tien-tse, ou fils du ciel* (*ibid.*, p. 475).

(4) Le mémoire de madame veuve Boucarut est des plus remarquables, et sera publié dans le tome X du *Bulletin*.

(5) Madame la comtesse de Labédoyère a continué son précieux concours à la Société pour des éducations expérimentales de Vers à soie, dont elle fait connaître avec le plus grand soin les résultats chaque année.

verses phases de l'évolution de leurs insectes. Trop heureux serions-nous si tous les rapports qui nous sont adressés étaient aussi complets, et nous faisaient suivre ainsi pas à pas toute la marche de la campagne séricicole. Nous devons encore une mention particulière aux études faites par MM. Jacquier (1), Gross (2) et Pinçon (3).

Ce n'est pas seulement sur le *Bombyx* du Mûrier que se porte votre intérêt, mais vous suivez encore avec autant de sollicitude tout ce qui a rapport aux autres espèces exotiques susceptibles d'être élevées en France, et de fournir ainsi de nouveaux matériaux à l'industrie de la soie. Si, l'an dernier, vous avez exprimé un juste sentiment de gratitude à M. Duchesne de Bellecourt, auquel vous deviez le Ver à soie *Ya-ma-maï* (4), dont des circonstances fâcheuses ont empêché le complet développement chez nous, vous n'avez pas moins de

(1) M. le capitaine Jacquier (de Troyes) a pu conserver, depuis de nombreuses années, une belle race milanaise, qu'il tenait de M. de Boullenois, et qui n'a jamais montré la moindre trace de gattine. Il a recueilli des observations très curieuses sur l'influence que le milieu et la nourriture exercent sur la maladie ; mais ces faits, en raison même de leur importance, ont besoin d'être confirmés par de nouvelles observations, et nous avons l'espoir que M. Jacquier pourra en réunir un nombre suffisant pour établir sur les bases les plus certaines ce moyen de sauver notre industrie séricicole.

(2) M. Jean Gross (de Grunningen) rend de grands services à la sériciculture par l'établissement d'une société qui s'est imposé la mission de faire convertir en graines les éducations qu'elle a suivies dans leur développement, de telle sorte qu'elle peut en garantir la bonne qualité. M. Gross s'est adonné aussi avec le plus grand zèle à la propagation des éducations de *Bombyx Cynthia*, qu'il cherche à établir sur des montagnes dénudées et jusqu'à présent improductives.

(3) M. Jules Pinçon, agent comptable du Jardin d'acclimatation du bois de Boulogne et ancien magnanier, a surveillé les éducations faites dans notre magnanerie expérimentale. Il en a fait connaître les résultats dans un rapport intéressant, et a entretenu la Société d'un moyen, qu'il a commencé à appliquer cette année, pour diminuer de beaucoup la quantité de feuilles nécessaires à la nourriture des Vers. (*Bulletin*, t. IX, p. 542.)

(4) E. Simon, *Sur une nouvelle race de Vers à soie nommée Ya-ma-maï* (*Bulletin*, t. IX, p. 574).

reconnaissance pour M. Pompe van Meert der Woort (1), qui a rapporté dernièrement une certaine quantité de ces précieuses graines dont l'exportation est, dit-on, interdite au Japon sous peine de mort ; grâce à LL. EExc. les Ministres des affaires étrangères et de l'agriculture, vous avez été mis en possession de ces graines, et le moyen vous a été donné de tenter une seconde fois d'enrichir notre sériciculture d'une nouvelle et précieuse espèce.

Les Vers à soie du Chêne, dont l'importance est si bien reconnue de vous, vont donc pouvoir être soumis à de nouveaux essais, et nous sommes heureux de vous annoncer que, sous peu de jours, vous recevrez, du fond de la Chine, de nouveaux échantillons du *Bombyx Pernyi*, que vous devrez aux bons soins de notre zélé membre honoraire monseigneur Perny (2). Vous pourrez reprendre ainsi, avec plus de chances de succès, la culture de ce Ver, sur la première éducation duquel M. Frédéric Jacquemart (3) vous a donné une relation détaillée.

Un Ver à soie qui est aujourd'hui bien certainement acclimaté chez nous, et dont la culture se répand de plus en plus, le Ver de l'Ailante, a été, comme par le passé, l'objet de nombreuses communications. MM. le comte de Lamote-Baracé (4),

(1) M. Pompe van Meert der Woort, officier de santé de la marine néerlandaise, a rapporté du Japon deux boîtes contenant de la graine de *Bombyx Yama-maï*, qui ont été offertes à la Société par Leurs Excellences les Ministres des affaires étrangères et de l'agriculture (*Bulletin*, t. X, p. 21). Il a été pris immédiatement des dispositions pour activer la foliation de quelques pieds de Chêne destinés à fournir la nourriture aux Vers dès leur éclosion, qui ne peut tarder, vu l'état avancé de développement où ils existent dans les œufs.

(2) Monseigneur Perny, auquel la Société est redevable de la première tentative d'introduction du Ver à soie du Chêne de Koui-tche-ou, vient, par une lettre datée du 12 octobre 1862, de nous faire connaître qu'il préparait un nouvel envoi de ce précieux insecte, et qu'il prenait toutes les précautions pour que le *Bombyx Pernyi* arrive à bon port.

(3) *Tentatives d'éducation du Ver sauvage du Chêne de la Chine* (*Bulletin*, t. IX, p. 95).

(4) Malgré les mauvaises conditions climatériques de l'année, M. le comte de Lamote-Baracé a obtenu encore de beaux résultats de ses cultures de *Bombyx Cynthia*.

Pravert (de Padoue), mesdames la comtesse de Beaumont (1) et la baronne de Castillon (2), et nombre d'autres sériciculteurs, vous ont fait connaître le résultat de leurs travaux. Madame la comtesse de Beaumont, qui cherche à introduire le *Cynthia* sur les terrains arides de la Provence, a découvert que cet animal peut, sans inconvénient, être nourri des feuilles de la Pimprenelle, observation qu'a confirmée M. le maréchal Vaillant (3). Vous devez à M. de Milly (4), qui veut doter les Landes de la culture de l'Ailante et de l'éducation du *Cynthia*, un rapport remarquable sur ses essais, qui lui ont permis de recueillir près de 100 kilogrammes de cocons frais sur un terrain de sable jusqu'alors improductif.

Ce n'est pas seulement en France que la sériciculture se développe, dans presque toutes les parties du monde de nouveaux établissements se créent. On doit l'introduction du *Bombyx Cynthia* en Angleterre à lady Dorothy Nevill (5), dans les environs d'Odessa au général Burno (6), au Para-

(1) Madame la comtesse de Beaumont a reconnu, à la suite d'essais variés, qu'on pouvait élever le *Bombyx Cynthia* avec les feuilles de la Pimprenelle. La quantité nécessaire, assez faible dans les premiers jours, devient très considérable après le quinzième jour, car les Vers s'en montrent alors très avides.

(2) Madame la baronne de Castillon a obtenu encore cette année des récoltes aussi belles que celle de l'an dernier, à la suite de ses éducations en plein air.

(3) Les expériences de M. le maréchal Vaillant ont été insérées dans la *Revue et Magasin de zoologie* de 1862, p. 415.

(4) M. de Milly a planté d'Ailantes plus de six hectares de sables improductifs. En outre, il a établi une haie d'Ailantes de 580 mètres de long, qui lui a permis de nourrir 50 000 Vers, et d'en retirer 97 kilogrammes de cocons frais.

(5) Lady Dorothy Nevill a introduit en Angleterre le *Bombyx Cynthia*, qu'elle élève avec le plus grand soin, et dont elle obtient de fort beaux résultats. On lui doit un excellent ouvrage sur l'éducation des Vers à soie, *The Ailantus silk Worm and the Ailantus tree*, dans lequel elle a abrégé les préceptes donnés par notre confrère M. Guérin-Méneville sur l'allanticulture.

(6) Le général Burno a obtenu une rapide propagation du *Bombyx Cynthia* dans ses propriétés, et à la fin de la seconde année de ses éducations, il avait une quantité de graines assez considérable pour pouvoir en céder aux propriétaires du midi de la Russie.

guay à M. Gelot (1), à Montevideo à M. Meyer (2); et d'autre part, M. Michely (3) à Cayenne, et M. Prévost en Californie, continuent avec persévérance leurs tentatives d'acclimatation des divers *Bombyx*.

Rappelons encore les expériences spéciales de M. Wullschlegel (4), qui lui ont démontré la possibilité de faire hiverner les chrysalides des Vers de l'Ailante et du Ricin, découverte importante, puisqu'elle facilitera singulièrement les éducations de ces insectes.

Votre délégué à l'île de la Réunion, M. Berg (5), vous a adressé un mémoire étendu sur les divers insectes herbivores, et en particulier sur ceux qui attaquent la Canne à sucre, et causent ainsi un dommage considérable à l'une des sources de richesses les plus importantes de notre colonie. .

Au nombre des insectes utiles à l'homme, nous devons ranger la Cochenille (6), dont la culture s'est successivement étendue du Mexique à nos Antilles et à l'Espagne, et de là aux Canaries, à Java et à l'Algérie. Dans ces derniers temps, ainsi qu'il résulte d'un travail de M. le baron Anca (7), il a

---

(1) M. Gelot a commencé à tenter l'introduction du Ver à soie de l'Ailante au Paraguay, et pense que le Ver du Ricin ne peut manquer d'y donner les plus riches résultats, en raison de la végétation facile et continuelle de cette plante.

(2) M. Meyer, qui a introduit l'ailanticulture dans le gouvernement de la Plata, y a déjà obtenu de très beaux résultats, qui font augurer brillamment de l'avenir.

(3) M. Michely, qui a obtenu à l'exposition de Londres deux médailles pour ses travaux relatifs à l'introduction de l'industrie de la soie à Cayenne, mérite tous nos encouragements pour les efforts persévérants avec lesquels il continue ses tentatives d'acclimatation du Ver du Mûrier, et pour les observations intéressantes qu'il a faites à ce sujet.

(4) *Bulletin*, t. IX.

(5) D. Berg, *Des insectes herbivores de l'île de la Réunion, et particulièrement de ceux qui envahissent la Canne à sucre* (*Bulletin*, t. IX, p. 938).

(6) L. Soubeiran, *De la Cochenille et de son acclimatation* (*Bulletin*, t. IX, p. 246).

(7) *Acclimatation de la Cochenille en Sicile* (*Bulletin*, t. IX, p. 970, 1031).

institué en Sicile des essais d'acclimatation de cet insecte qui s'annoncent sous les plus heureux auspices.

Les malheurs de la guerre qui désole en ce moment l'Amérique ont, pour ainsi dire, annihilé la production du coton, cette précieuse substance qui fournissait le travail à d'innombrables ouvriers, et remplissent de misère des milliers de manufactures florissantes autrefois. Trouver le moyen de cultiver le coton dans de nouvelles localités, pour prévenir le retour de calamités aussi désastreuses, telle est la préoccupation générale aujourd'hui ; aussi des diverses parties du monde vous est-il adressé d'importantes communications à ce sujet (1). Et sans parler ici d'un travail qui résume les documents les plus essentiels au cultivateur de coton, nous devons rappeler d'une manière toute spéciale à votre attention les remarquables essais de M. le marquis de Fournès (2), et de son collaborateur M. Arnaud, qui ont réussi à obtenir, sur les bords du Gardon, une notable quantité de ce précieux filament, et à qui tout fait espérer que, le succès de deux premières années de culture se renouvelant, ils pourront bientôt aborder la grande culture de cette plante.

La Vigne, dont les récoltes depuis plusieurs années ont tant laissé à désirer, par suite de la maladie dont elle est atteinte, a été aussi l'objet de plusieurs mémoires importants, parmi lesquels nous citerons celui de M. Ramel (3) sur la Vigne

(1) Dupuis, *Sur les maladies du Cotonnier et les insectes qui nuisent à cet arbre* (*Bulletin*, t. IX, p. 823). — Gouly de Chaville, *Sur les feuilles de Raifort employées comme succédanées du coton* (*ibid.*, p. 972). — De Lacerda, *Sur le coton jaune et le coton bleu du Brésil* (*ibid.*, p. 971). — Ramel, *Sur le Cotonnier arbre du Pérou* (*ibid.*, p. 721, 996). — Soubeiran, *Note sur la culture du Cotonnier* (*ibid.*, t. X, p. 24).

(2) M. le marquis de Fournès et M. Arnaud, qui s'occupe exclusivement d'agriculture, ont présenté à la Société des échantillons de leurs cultures du Coton dans le département du Gard, et ont fait connaître les heureux résultats qu'ils ont déjà obtenus (*Bulletin*, t. IX, p. 487, 717, 1032). Des expériences de filature qui ont été faites en Alsace par un de nos premiers manufacturiers, M. Schlumberger, ont prouvé que le coton obtenu par notre zélé confrère pouvait rivaliser avec les meilleures sortes américaines (*ibid.*, t. X, p. 55).

(3) *Bulletin*, t. IX, p. 948, 955.

d'Australie, et celui de M. Élias Durand (1) sur la Vigne et les vins des États-Unis, travaux qui nous fourniront sans doute les moyens d'ajouter de nouveaux cépages aux nombreuses espèces que notre pays possède déjà. Si l'Australie, de même que les États-Unis, peut nous donner des Vignes qui nous manquent encore, nous avons déjà cherché à lui faire connaître nos cépages si renommés à juste titre ; car, grâce au bienveillant concours de notre éminent confrère M. le général marquis d'Hautpoul, nous avons obtenu une collection complète des Vignes réunies dans la riche pépinière du Luxembourg, et nous avons été heureux de l'offrir à la Société de Melbourne.

Plusieurs de nos confrères (2) vous ont transmis les résultats de leurs observations sur la culture de la Pomme de terre, et principalement des variétés de Sainte-Marthe et d'Australie, qui, repoussées d'abord par nos cultivateurs, voient chaque jour augmenter le nombre de leurs partisans.

De nouveaux renseignements sur la *Coca* sont venus aussi s'ajouter à ceux qu'avait colligés avec tant de soins et de sagacité notre zélé confrère M. Gosse, et nous ont témoigné une fois de plus de l'intérêt que portent à cette question MM. de Lesseps, Colpaert, Raymondi et le maréchal Santa-Cruz (3).

Le sucre et les plantes qui le fournissent nous ont valu un

(1) *Bulletin*, t. IX, p. 313, 410, 477. Ce travail a été reproduit avec des observations importantes de M. Charles Desmoulins, dans le dernier volume des *Actes de la Société Linnéenne de Bordeaux*. Notons encore les travaux de M. Neidigk sur la culture de la Vigne en Crimée (*Bulletin*, t. IX, p. 340).

(2) M. David, qui a obtenu déjà des succès remarquables de la culture de la Pomme de terre, dite d'Australie, en a fourni de nouveaux tubercules cette année, et a publié une note intéressante à ce sujet (*Bulletin*, t. IX, p. 66). Nous devons rappeler encore les communications de MM. Laffiley (*ibid.*, p. 61, 330), Hébert (*ibid.*, p. 61), Dupuis (*ibid.*, p. 541), Jomard (*ibid.*, p. 916).

(3) Outre une nouvelle communication de M. Gosse (*Bulletin*, t. IX, p. 439), la Société a reçu d'importants détails sur la culture de l'*Erythroxylon coca* de MM. de Lesseps (*ibid.*, p. 610, 624, 971, 993), Colpaert (*ibid.*, p. 820, 956), Raymondi (*ibid.*, p. 699), et maréchal Santa-Cruz (*ibid.*, p. 226).

important mémoire de M. Hardy (1) sur la culture de la Canne en Algérie, diverses notes sur le Sorgho (2) et ses produits, et des détails intéressants sur la culture et l'exploitation de l'Érable à sucre (3), dont la Société doit une belle collection aux soins obligeants de nos confrères MM. de Puibusque et Gauldrée-Boilleau.

Des recherches faites en Chine ont donné lieu à de nombreux rapports qui ont vivement attiré votre attention et excité votre plus haut intérêt : il suffit de vous rappeler les fréquentes notices, accompagnées de graines et d'échantillons, que vous devez à M. Simon (4), auquel vous allez accorder le titre de membre honoraire, désireux que vous êtes de récompenser aussi le zèle qu'il n'a cessé de vous prouver.

C'est de Chine également que provenaient les riches collections que vous avez reçues de Mgr Guillemin (5) et de M. le capitaine Dabry (6), qui vous a fait connaître dans plusieurs mémoires, que vous avez écoutés avec attention, les particularités les plus intéressantes de ses recherches dans le Céleste Empire et de ses études dans les divers ouvrages publiés par les Chinois. Du reste, l'accueil bienveillant que vous avez

(1) *Bulletin*, t. IX, p. 580.

(2) Baron Anca (*Bulletin*, t. IX, p. 99).

(3) M. de Puibusque (*Bulletin*, t. IX, p. 73), Gauldrée-Boilleau *ibid.*, p. 1060).

(4) M. Eugène Simon, depuis son départ pour la Chine, a adressé un grand nombre de communications importantes à la Société sur les divers animaux et plantes qu'il a pu observer, et a accompagné ces mémoires de collections importantes, qui ont été distribuées aux personnes qui étaient dans les meilleures conditions pour en tirer parti. Outre les mémoires que nous avons déjà signalés dans ce compte rendu, nous devons rappeler ici les notes étendues qui accompagnaient un envoi d'animaux et de végétaux du Japon (*Bulletin*, t. IX, t. 594, 610, 688).

(5) *Sur les graines des principales plantes alimentaires de la province de Qwang-tong* (*Bulletin*, t. IX, p. 323). — *Productions végétales de la Chine* (ibid., p. 872).

(6) *Sur diverses plantes potagères de la Chine* (*Bulletin*, t. IX, p. 325. — *Sur les plantes médicinales de Chine* (ibid., p. 491). — *La vie à bon marché en Chine* (ibid., p. 673). M. Dabry a fait connaître aussi une note du père Cibot sur le *Pe-tsai* (ibid., p. 232).

fait à ces travaux a vivement encouragé leur auteur, et c'est avec l'espoir de pouvoir vous procurer de nouvelles richesses, plus nombreuses encore, que M. Dabry a quitté la France, pour retourner en Chine.

Les services éminents rendus à l'acclimatation reçoivent de vous des récompenses éminentes aussi. Vous allez accorder à M. Issakoff (de Saint-Pétersbourg) le titre de membre honoraire, en récompense de ses nombreux essais d'acclimatation d'une foule de végétaux utiles, des soins qu'il a donnés à la fondation du comité de Moscou, de ceux qu'il donne encore à l'organisation du jardin zoologique de cette ville, qui doit s'ouvrir dans le courant de l'été. C'est par un sentiment de juste reconnaissance, que la Société de Moscou a appelé vos suffrages sur M. Issakoff, auquel on doit en grande partie la haute protection accordée à l'acclimatation par les souverains de la Russie.

Cette année, comme toujours, M. Brierre (de Saint-Hilaire de Riez) (1) a continué à enrichir vos archives de ses rapports sur la culture des plantes et graines reçues de vous, et a libéralement répandu dans toute la Vendée le produit de ses récoltes, travaillant ainsi avec un zèle infatigable à propager, à vulgariser les nouvelles espèces que vous cherchez à introduire. La série remarquable de dessins qui accompagnent chacun des rapports de M. Brierre forme aujourd'hui une riche collection, qu'il augmente chaque jour, et que vous avez décidé de réunir en un recueil qui en permette la facile communication à chacun de vous.

Parmi ceux de nos confrères dont vous avez reçu des rapports circonstanciés sur leur culture, vous avez distingué tout particulièrement MM. Philippe (2), Denis (3), Sicard (4), et

(1) *Bulletin*, t. IX, p. 57, 128, 136, 236, 244, 336, 425, 431, 508, 516, 611, 710, 800.

(2) *Sur le Schinus molle* (*Bulletin*, t. IX, p. 41). — *Sur l'Eucalyptus globulus* (*ibid.*, p. 228).

(3) *Bulletin*, t. IX, p. 801.

(4) *Sur le Cath-sé* (*Bulletin*, t. IX, p. 1046). M. Sicard a fait connaître aussi le résultat d'expériences sur la pisciculture et le Ver à soie de l'Ailante (*ibid.*, p. 514).

notre regretté collègue M. Delisse, dont les travaux ont été continués par sa veuve, qui, malgré sa trop légitime douleur, a voulu pieusement terminer l'œuvre commencée.

Des mémoires sur différentes plantes vous ont été adressés par MM. Berthelot (1), Taverna (2), Gasparino (3), de Murga (4), Chappellier (5), Kühne (6), Anca (7), Dupuis (8), Rochussen (9) et Belhomme (10). De nombreuses observations sur tous les faits curieux qu'a présentés l'histoire de l'acclimatation en Australie vous ont été communiquées par M. Ramel (11), dont le zèle incessant s'ingénie à vous procurer des occasions nouvelles d'enrichir votre Société. Parmi les nombreux envois de plantes qui vous ont été faits, vous avez particuliérement remarqué ceux de MM. Mueller (12), Gauldréc-Boilleau (13), Hayes (14), de Lacerda (15), Loarer, Rosalés (16), etc.

(1) Berthelot, *Sur les essences forestières des Canaries et la réorganisation du jardin d'acclimatation d'Orotava* (*Bulletin*, t. IX, p. 684, 770).

, (2) Taverna, *Rusticité des arbres verts* (*Bulletin*, t. IX, p. 502).

(3) Gasparino, *De la culture du Cocozzelli* (*Bulletin*, t. IX, p. 332).

(4) De Murga, *Culture de la Chufa* (*Bulletin*, t. IX, p. 44).

(5) Chappellier, *Note sur le Safran* (*Bulletin*, t. IX, p. 418).

(6) Kühne, *Notice sur le Riz sauvage* (*Zizanie aquatique*) *de l'Amérique du Nord* (*Bulletin*, t. IX, p. 123).

(7) Anca (*Bulletin*, t. IX, p. 99).

(8) Dupuis, *Culture de l'Ailante glanduleux* (*Bulletin*, t. IX, p. 877). — *Culture du Manioc en Italie* (*ibid.*, p. 444).

(9) M. de Rochussen a communiqué à la Société (*Bulletin*, t. IX, p. 432), des renseignements très intéressants sur la culture du Quinquina à Java, sous l'inspiration du gouvernement néerlandais, et lui a fait connaître les heureux résultats obtenus déjà dans cette acclimatation.

(10) Belhomme (*Bulletin*, t. IX, p. 243).

(11) M. Ramel a communiqué à la Société un grand nombre de faits intéressants d'acclimatation des espèces soit animales, soit végétales (*Bulletin*, t. IX, p. 440, 441, 442, 443, 536, 920, 998).

(13) *Ibid.*, t. IX, p. 55, 429, 512, 896.

(12) *Ibid.*, p. 160, 1041, 1060.

(14) *Ibid.*, p. 56, 143, 342, 425, 717, 972.

(15) *Ibid.*, p. 709, 718, 719, 971, 992.

(16) *Ibid.*, p. 972, 990.

Le tableau que nous venons d'esquisser devant vous vous prouve, messieurs, que cette année encore n'a pas été perdue pour l'acclimatation, et nous devons trouver un encouragement nouveau à persévérer dans la voie que nous nous sommes tracée, en voyant les nombreuses marques de sympathie qui nous arrivent de toutes les parties du monde, en constatant la générosité avec laquelle tous, membres ou non de la Société, s'empressent à nous faire part des produits les plus intéressants du règne végétal, et à nous procurer les animaux les plus précieux.

Inscrivons tout d'abord au nombre de nos plus généreux bienfaiteurs S. M. l'Empereur, qui n'a cessé de témoigner de sa haute bienveillance, et nous a donné fréquemment la preuve de l'intérêt qu'il porte à notre œuvre. Que S. M. l'Impératrice daigne accepter aussi l'hommage de notre respectueuse gratitude pour les espèces précieuses dont elle a enrichi, cette année encore, notre Jardin.

Nous devons aussi proclamer notre reconnaissance pour S. M. la reine de Grèce (1), qui, à plusieurs reprises, a bien voulu nous faire envoyer des graines de l'espèce d'*Abies* qui porte son nom.

Remercions également des nombreuses marques de sympathie qu'ils nous ont données, LL. EExc. les Ministres d'État, des affaires étrangères, de la marine et de l'agriculture, et nos membres honoraires, MM. Delaporte, Berthelot, Duchesne de Bellecourt, Mueller et Wilson.

Toutes les parties du monde ont fourni la matière des nombreux envois qui nous ont été faits. En Europe, il nous suffit de rappeler les noms de MM. Dutrône (2), Gawriloff (3),

---

(1) S. M. la reine de Grèce a bien voulu nous faire parvenir, à plusieur reprises, des graines d'*Abies reginæ Amaliæ* (*Bulletin*, t. IX, p. 137), sur lesquelles M. Heldreich a publié un mémoire très intéressant.

(2) Nous avons récemment encore reçu de notre généreux confrère un Bœuf Sarlabot, qui devra être vendu par les soins de la Société du Jardin, et dont le prix de vente est attribué par le donateur aux ouvriers cotonniers (*Bulletin*, t. IX, p. 895).

(3) *Bulletin*, t. IX, p. 969.

Poujade (1), Horry (2), Sicard (3), Caillaud (4), Cloquet (5), Delisse (6), etc. En Asie, ceux de MM. Simon (7), Dabry (8), Guillemin (9), Hayes (10), Cézard (11), Castelnau (12), Ruffier (13), Pichon (14), Duchesne de Bellecourt (15), etc. En Afrique, ceux de MM. Berthelot (16), Bosse (17), Chabaud (18), Chagot (19), Lienard (20), Kœnig-bey (21), Delaporte (22), etc. En Amérique, MM. de Villeneuve (23), de Lesseps (24), Gauldrée-Boilleau (25), Pereira de Mello Cardoso (26), Frébault (27), Bataille (28), etc. En Australie, miss Embling (29), MM. Mueller (30), Wilson (31), Ramel (32).

Parmi tous ces généreux donateurs nous devons une mention spéciale à MM. Mueller et Wilson, qui, entièrement dévoués à l'acclimatation, cherchent chaque jour l'occasion de nous adresser les espèces les plus précieuses, et de nous faire connaître ceux des produits de l'Australie qui ne sont point encore arrivés en Europe, leur générosité ne se laissant arrêter par aucun obstacle. Nous ne pouvons trouver un concours plus empressé dans aucune partie du monde, et cependant M. Bataille, de Cayenne, accumule envoi sur envoi, et son zèle est tel, qu'après nous avoir donné, dans le courant de l'année dernière, trente-deux espèces vivantes, il réunit en ce moment même une nouvelle collection, plus riche que les précédentes.

Il nous reste encore un douloureux devoir à remplir : la mort a frappé dans nos rangs, et nos regrets sont acquis à tous ceux qui, jusqu'au dernier moment, partagèrent nos

(1) *Bulletin*, t. IX, p. 242. — (2) *Ibid.*, p. 336. — (3) *Ibid.*, p. 1046. — (4) *Ibid.*, p. 896. — (5) *Ibid.*, p. 1049. — (6) *Ibid.*, p. 166, 236, 256. — (7) *Ibid.*, p. 594, 610, 688, 795, 915. — (8) *Ibid.*, p. 343. — (9) *Ibid.*, p. 323. — (10) *Ibid.*, p. 56, 143, 342, 425, 717, 972. — (11) *Ibid.*, p. 337. — (12) *Ibid.*, p. 425, 439, 716. — (13) *Ibid.*, p. 431. — (14) *Ibid.*, p. 138. — (15) *Ibid.*, p. 899, 972. — (16) *Ibid.*, p. 334. — (17) *Ibid.*, p. 134. — (18) *Ibid.*, p. 1003. — (19) *Ibid.*, p. 66, 1042. — (20) *Ibid.*, p. 135, 142. — (21) *Ibid.*, p. 33. — (22) *Ibid.*, p. 256, 431, 505, 536. — (23) *Ibid.*, p. 604. — (24) *Ibid.*, p. 57, 1046. — (25) *Ibid.*, p. 160, 1041, 1060. — (26) *Ibid.*, p. 611. — (27) *Ibid.*, p. 142. — (28) *Ibid.*, p. 130, 606. — (29) *Ibid.*, p. 511. — (30) *Ibid.*, p. 55, 137, 145, 237, 244, 334, 429, 512, 896, 972. — (31) *Ibid.* — (32) *Ibid.*, p. 500, 972.

labeurs et que nous eussions aimé à voir saluer avec nous nos prochains succès. Nous conserverons la mémoire de S. A. Saïd-Pacha, vice-roi d'Égypte, qui plusieurs fois avait enrichi notre Jardin et avait témoigné de sa sympathie pour notre œuvre par la création d'un jardin d'acclimatation au Caire. Nous avons à regretter aussi un de nos membres honoraires, le vénérable M. Jomard, l'ancien collègue de Daubenton, qui s'était associé avec empressement à nous, pour rendre un éclatant hommage à ce grand naturaliste. Nous déplorons également la perte de nos confrères : MM. H. Vernet et Halévy, membres de l'Institut, le comte de Nesselrode, les amiraux Casy et Suin, de Lagrenée, le baron de Bruch, le duc de Montmorency, le comte Louis Archinto (de Milan), les docteurs Moreau, Godard et Meynier, Lignac, Dalpiaz, Girard, Bellet, Decan de Chatouville, le comte de Montblanc, le comte de Montguyon, le vicomte de Gauville, Riembault, Poriquet, Dhuicque, Bertrand Ponty, vicomte de Péan, de Besson-Desblains, Delisse, Ferrand et de Boishébert.

Certes, les pertes que nous venons de vous rappeler sont douloureuses pour nous ; certes, le précieux concours qu'ils apportaient à notre œuvre nous fera défaut : mais serrons nos rangs, et que le sentiment du devoir qu'ils cherchaient à remplir avec nous continue à nous animer. Luttons contre les obstacles, et rappelons-nous que « si c'est surtout aux Phé-
» niciens, aux Égyptiens, aux Perses, aux Grecs, aux Romains
» et aux Carthaginois que nous devons les êtres déjà acclima-
» tés, ces avantages moins éclatants mais plus solides et plus
» réels que leurs conquêtes, ils ont transmis à nos ancêtres ces
» biens faciles à conserver et toujours à la portée de l'homme.
» *Augmentons leur héritage, et, à leur exemple, préparons à*
» *nos neveux une nouvelle source de richesses (1).* »

(1) Thouin, *Cours de culture et de naturalisation des végétaux,* publié par Oscar Leclerc, 1827, p. 19.